박형호
시와 수필

조국에 바치는
노래

동백꽃이다

붉은 꽃 푸른 잎새
서럽도록 아름답구나

모진 풍랑 속에서
한점 흐트러짐 없이 피어 있다

두 송이 꽃은
조국 한반도 서울과 평양에서
하나같이 피어나는 것을 형상화 하였고
수많은 이파리들은
통일을 염원하는 한결같은 국민의 소망을 형상화 했다

청어

조국에 바치는 노래
박형호 지음

발 행 처 · 도서출판 청어
발 행 인 · 이영철
영　　업 · 이동호
홍　　보 · 천성래
기　　획 · 남기환
편　　집 · 방세화
디 자 인 · 이수빈 | 김영은
제작이사 · 공병한
인　　쇄 · 두리터

등　　록 · 1999년 5월 3일
(제1999-000063호)

1판 1쇄 발행 · 2020년 7월 30일

주소 · 서울특별시 서초구 남부순환로 364길 8-15 동일빌딩 2층
대표전화 · 02-586-0477
팩시밀리 · 0303-0942-0478

홈페이지 · www.chungeobook.com
E-mail · ppi20@hanmail.net
ISBN · 979-11-5860-867-5(03810)

이 도서의 국립중앙도서관 출판시도서목록(CIP)은 서지정보유통지원시스템 홈페이지
(http://seoji.nl.go.kr)와 국가자료공동목록시스템(http://www.nl.go.kr/kolisnet)
에서 이용하실 수 있습니다.(CIP제어번호: CIP2020027541)

조국에 바치는 노래

錦繡華嶽鶴長笛萬蘇龍潭魚
躍游樂觀寶刹鐘鼓遠忽覺暢
懷侶清流 甲午春 中山居士

140×41, 中山 친형 친필 박자원 作

조국에 바치는 노래

나그네 길은
그리움의 길이다
동행은
이어지는 들풀이다
한을 짊어진 서릿길에서
짙게 드리운 어둠을 부순다

진한
햇빛이
숲속에 숨어있다
세상 바로 보는
눈동자 하나 갖고
글로 쏟아보자고 영혼을 불사른다

이것이
이 시대를 살아가는
의미요

가치이고 축복이다
조국의 향기는
맡을수록 진하고 향기롭다

산수를 벗 삼으며
산 시 산 수필을 써온 지
어언 30년이란 세월이 흘렀다
대표적인 시 하나 없고
멋들어진 수필 하나 없어도
필생의 보람 즐거움으로 알고 글을 쓴다

늦게야 뼈저린
아픔에서 붓을 들었고
순진한 생각에서 눈물 지어왔다
첫 시집 『바람아 물결아 떠도는 구름아』를
시작으로 시집을 수차례 『땀이 혈통을 만든다』의
수필집을 한차례 상재했건만 부족하고 부끄러운 것뿐이다

시 50여 편 수필 20여 편을 일곱 번째로 한 데 묶었다
평론은 독자제위의 몫으로 남기고 감사한 마음으로 옷깃을 여민다
풀릴 듯 풀리지 않은 조국의 운명을 애 닳아 하면서
이제 그 제목을 『조국에 바치는 노래』로 명명하여 본다

차례 / 시

차례 / 수필

1부

조국

梅花, 132×35, 南松 作

백두에서

보라!
백두영봉의 위용을
해발최고의 화산호 백두천지를
들어라!
역사의 목소리
홍익인간의 가르침을
신령한 기운 동방에 일어
불길로 산맥을 잇고
물길로 혈맥을 내었어라
삼천리 금수강산
방방곡곡을 펼치어 내었어라
눈부신 햇살 천지에 빛나고
슬기로운 기운 영봉에 피어난다
우람할 손 천문봉아
웅비장엄한 장군봉아
만고풍상 영고성쇠를 말하라
누가 조국강산을 버리라 하는가
무엇이 이 땅의 민족정기를 말살하려 드는가
겨레여 찬란한 역사의 맥이여

우리는 끊을라야 끊을 수 없다
금강산 지리산이 삼각산 한라산이
여기 백두에서 비롯하였고
압록강 대동강이 한강 금강 낙동강이
여기 백두대간에서 비롯되었나니
분단이 있을 수 없고 단절이 있을 수 없다
더구나 동족상잔이 있을 수 없고
끌려 다니는 종속이 있을 수 있으랴
한때의 눈 멀고 어리석었던 아쉬운 사연 지워 버리고
천지 같이 맑고 둥근 눈 펄펄 끓은 용암의 가슴으로
대동맥의 공허 소망으로 채우며
백두에서 한라까지 성스러운 한마당
자랑스럽게 빛나는 아침이 고운 새벽을 열자
진하고 순수한 진달래 개나리 무궁화 꽃동산 가꾸어 보자

오! 하늘이여

제가 왔습니다
눈보라 포성 속에
강보에 쌓여 떠밀려갔던
울음 많은 제가 왔습니다
저를 모르시겠습니까
얼마나 그립고 보고 싶던 하늘입니까
얼마나 가슴 설레이던 산천초목입니까
하늘도 그날을 잊지 않은 듯
이리 해맑게 반겨주고 있습니다
바라만 보아도 벅찬 하늘
티 한 점 없이 맑고 푸른 천지
불초 일러주신
순결한 정신 하나 갖고 왔습니다
한시인들 잊으리오
조국의 산하 민족의 아픔을
그 어데 있어도 찾아야 할 그리운 산천
타는 혼불 하나 갖고 이제 찾아왔습니다
우리 하나로 손을 잡고 영봉 앞에 섰습니다
더는 흔들리지 않고

손에 손잡고 함께 가자고
한 덩어리 되자고 맹세하였습니다
아무리 세월이 흐른다 해도
강산이 열두 번을 변한다 해도
혈육을 적으로 돌릴 수는 없습니다
저 혼자 잘 살자고 배신할 수는 없습니다
이 엄숙한 순간을 아무도 막을 수 없습니다
얼마나 애타게 그리던 소원입니까
그 어떤 피눈물로 갈고 닦아온 걸음입니까
그날이 오기까지 더욱 몸과 마음 다할 것입니다
우리 손잡고 나아가는데 못 갈 곳이 어딥니까
머리를 맞대고 같이 일 하는데 아니 될 일이 무었입니까
겨레여 조국이여 세계만방이여
엄숙한 역사적 순간 우러러 마지 안 나니
누구도 우리 꿈과 사랑을 훼방치 말아다오
너는 이 엄숙한 순간을 물끄러미 바라만 보고 있는가
이제라도 목청을 가다듬고 앞장서 나가며
조국의 평화와 번영에 이바지 하여야 하지 않겠는가

족자

청파가 남기고 간
빛바랜 족자 한 점
평등(平等) 두 글자
길게 내려쓰고
성중무피차(性中無彼此)
대원경상절친소(大圓鏡上切親疎)
라 쓰여 있다
독립자금을 모으러 다니면서
영혼으로 남긴 글이다
성에 차별이 있을 수 없고
인간은 모두 자유 평등하며
친하고 덜 친하고
구분할 것도 없다한다
피 눈물 나눈 동포 형제이니
서로 돕고 의지하고
꿈을 나누며
아픔도 함께 하고
가슴으로 살라 한다
족자에 실려 있는
한 마음 새긴 글 두 줄기
잠자는 나를 일깨워 훈도하고 있다

기적

한 백년 살다보니
기적 같은 기적도 나는구나
이제 너에게서 독선을 빼고
나에게서 의타를 버린다면
천하에 없는 놈도 당해낼 수 있겠구나

또 다시
온갖 것 끌어들여
애써 가꿔온
꽃동산 망가트리면 어쩔거나
죄 없는 만백성
희생양 삼으면 어찌 할거나

제 멋대로 놀아나는
간덩이 큰 놈
어찌 놀아날거나
백조 흑조 먹구름 드리지 마라
천재일우의 기회
불사조 같은 영혼으로
기적 같은 기적 이루고야 말리니
움츠렸던 가슴 활짝 빼어난 기지 발휘하고 말리니

환희의 송가

차가운
얼음판에
서광이 납니다
두터운
대지를 뚫고
한 송이 꽃이 피어 오릅니다

서로
표상이
다르기에
베토벤 송가같이
세상에서 가장 아름다운 노래
아리랑 아리랑을 환희의 송가로 부릅니다

서광이여
거룩한 환희의 빛이여
우리 따스한
그 품에 안기노라
그대의 영혼 머무는 곳에
온누리 기쁨과 경배의 물결 넘쳐 흐르리

세계의
건아들이
장미의 창이 되듯
평창의 성화가
갈등을 녹여내는
화해의 가교가 되었으면 합니다

우리가
바라는 것은
금메달 몇 개가 아닙니다
엄청난 수익은 더욱 아닙니다
남북이 하나 되어
서로 힘이 되어 살기를 바랄 뿐입니다

올림픽 정신을
구현하는 스위스 같이
유일의 분단국가 아니라
세계 제일의 복지국가 되리니
하늘이여 올림픽이여
고요한 아침의 나라 코리아에 축복을 내리소서

운명

눈 멀고
귀 먼 자여
프랑스 망명 정부처럼
우리도 상해에 임정이 엄연했다
일제의 무조건 항복에도
임정요원과 독립군의 당당한 귀국을 막았다
이것이 비극의 서막이다

한마디 상의도 없이
전리품 나누어 갖듯
강산을 반 토막 갈라놓고
얼마나 많은 시련을 겪게 하였던가

독일의 콜 총리는
냉전 끝에 통일을 이뤘다마는
우린 쿠데타는 있었어도
꿈을 가진 지도자는 없었다
이것이 분단지속의 끝 모를 비극이다

일제는 수 십 년간
징용으로 공출로 앗아가고

너희는 칠십 년간을
분단의 기로에서 샴페인을 터트렸다

정의의 사도라면
전범을 벌 해야지
헐벗고 굶주린 백성을 울리다니
자유 해방은 무엇의 이름이며
너희는 그들과 무엇이 다르다 할 것인가

군국의 망령들이
동맹이란 이름으로 다가 온다
불의 고리
태평양판과
유라시아 판이 부딪친다
지각변동의 미증유의 조짐이 다가온다

운명의 여신이여
동서의 맞바람이여
한반도는
지상의 핵심축이러니
혼바람처럼
너를 딛고 일어서리라
더 곱고 아름다운 사랑의 열매로
인류문화에 찬연한 이상의 푯대를 세우리라

세기의 악수

고요와 평화가 깃드는
싱가포르 센토사섬
아름다운 카펠라호텔은
평화를 갈망하는 이목 속에 눈부시다

불후의 담판
당찬 영단은
세기의 심벌이 되리
오랜 적대를 청산하는
새 역사의 변곡점이 되리

갈등과 대립은
삶을 지켜주지 못한다
저주와 원망은 한 때로 족하다
격랑이 교차하는 삼각파도 앞에서
방향 잃은 조타의 순간을 붙든 누군가

당찬 걸음이여
양보와 타협이 이기는 것이요
아집 불통이 지는 것이다
처칠이 어찌 위난을 구하고
브란트가 어찌 평화와 번영을 이루었는가

불노, 46×35, 南松 作

홍매화

눈 속에
고목 한 그루
동트는 햇살같이
새 빨간 꽃망울 틔우는구나

몸은 삭아서
둥걸만 남았어도
정기는 더운 피가 되어
새 꿈을 아로새기고 있구나

눈이
아무리 퍼부은들
꽃망울 앗을소냐
바람이 거칠어도
그윽한 향기만 이는구나

온
누리
가득한
그리움 같이
새 희망 꽃피우고
찬연한 봄을 일깨우고 있구나

매화, 120×34, 南松 作

못다 부른 노래

100년을 불러도 못다 부른 노래가 있다
불러도 불러도 미치지 못한 노래가 있다
강산을 송두리째 내어 주고서야 알았다
강산이 반 토막이 나고서야 알았다
살되, 네 생명으로 살고
죽어도 짓밟혀서는 살고 싶지 않았다
총칼도 무섭지 않았다
민족자결을 부르다 쓰러지고
자유 독립 만세를 부르다
부르다 못하고 해방을 맞았다만
자유와 독립은 제 힘으로
이루지 않으면 아니 되는 것이었다
자신부터 변하지 않으면 아니 되는 것이었다

오냐, 가진 것 없고
힘이 부쳐 흔들려 왔다 마는
민족정기마저 잃을 우리가 아니다
피는 물보다 진하고
순수보다 더 아름다운 것은 없다
진실로 참되고 옳은 것은 목숨보다 귀한 것이다
청년아 조국을 사랑하는 청년아
이제 우리 못다 부른 노래 자유와 정의와 진리와 화합의 노래
부르자
다 같이 감격에 사무친 100년 전의 그날로 돌아가자

조국에 바치는 노래

−분단 70년을 맞으며

조국
이라고
불러보는 이름아
형제
자매라고
부르던 이름아
한겨레
한 핏줄로 태어남을
자랑으로 여겼거늘
너는 어디 갔느냐
어디서 무엇을 하고 있느냐
귀여운
사람이면
만나도 보자
폭탄은 만들어 무엇에 쓰고
비싼 무기 사들여 누구 좋게 하겠느냐
외로운 강산아
70년을 헤어져 사는구나

누가 우리 하나 됨을 못마땅히 여기는가
무엇이 우리 살 길을 가로 막는가
못 다 부른 노래
눈물겨운 노래 불러보자
겨레여
슬기로운 한민족이여
우리 한마음 한뜻으로 미래를 열자
아침이 고운 나라 코리아에
영원무궁한 자유와 평화와 번영의 종소리 울리리라

평창에서 평화를

너를 보면 자꾸만 눈물이 난다
가슴에 뜨거운 불을 지피고
꿈속에 사라져 버릴 것이기에
다시 불러보는 이름아
너무 오래 헤어져 있었구나
애써 다짐하며 일궈왔던 언약도
몇 발작 못가서 낙엽처럼 뒹굴고
이 추운 겨울 살 얼음장 같은 위험을 딛고 섰구나
단절은 안 된다
무력으로는 안 된다
모든 길이 로마로 통하듯
평화와 화합의 길은 평창으로 통하게 하라
하늘은 어렵고 힘든 길목에서
꽃불 밝힌 평창에 천제일우의 기회를 주었다
세계의 지성들이 너를 주시하며 응원하고 있다
한달음에 달려온 걸음같이
평창에 타오르는 성화같이
용서와 화해 관용과 박애의 올림픽 정신으로
기적 같은 기적 신기록을 내는 평화통일의 대축전으로 거듭
나게 하라

푸른 해야

해야
솟아라
푸른
해야 솟아라
동터오는 네 모습
꽃인들
그리 고우랴
천사인들
그리 아름다우랴
천만리
비추어도
천만번 비추어도
너만은
한 점 굴절 없는 빛이요 생명이니
언제나
꿈처럼 아름다운
동터오는 금수강산
눈부시게 빛나는 새아침을 맞으리라

지체된 정의

속 터진 불꽃은 하늘로 치솟고
출렁이는 물결은 제방을 넘실거리고 있다

떡 주무르듯
세상을 주름잡는 사람아

결자해지를 아는가

그만큼 뜸 들었으면 매듭을 짓게
양보 없는 협상은 요사롭고
지체된 정의는 정의가 될 수 없네

결단을 내리게
좋은 기회는 항상 오는 것이 아니네
어디까지 빈 수레만 요란히 끌고 갈 것인가

2부

강산

蘭草, 132×35, 南松 作

강마을

해
맑은
또랑물
풀잎을 뉘이며
졸졸졸 흘러갑니다
은구슬 금구슬 지으며 흘러갑니다

철
새들
춤추듯
날아들고
오곡백화 만발하는 곳
그곳에서 내 꿈과 사랑이 싹 텄습니다

나
홀로
고향 길
떠나오던 날
방목들 송아지 떼
엄매 엄매 긴 울음 울고 있었습니다

내
어찌
잊으리오
두고 온 산하
버들강아지 꺾어 불며
목마를 타고 호기로이 뛰놀던 곳

못
잊어
하냥 못 잊어
은하수 강물 위에
나비 같은 돛단배 띄우고
밤마다 꿈길마다 강마을 물촌 찾아갑니다

산 마음

산
봉우리는
꽃봉오리네
산 마음 피워내는
꽃봉오리네
가만히 올려만 봐도
온갖 시름 절로 사라지고
맘 뿌듯 벅차오르는 꽃 봉우리네

산
물은
꿀물이네
풀뿌리 우려 나온
상긋한 꿀젖이네
한 모금
받아 마셔도
생기가 절로 나고
세상 갈증 사라져
오늘을 살아가는 즐거움 절로 나네

산
마음은
높고 푸른
하늘마음이네
구름도 품어주고
바람도 잠 재워주는
높고 푸른 하늘마음 이네
오늘도 외로운 심기 달랠세라
새로운 경지 우러러 보고
마음 가다듬어 한 발짝 다가서 보네

산정, 34×20, 南松 作

자연별곡

산은
늘
더 높이
올라라 하고
물은
늘
더 낮게
흘러라 하네

산은
늘
가슴에
큰 뜻을 품고 살라 하고
물은
늘
순응 하면서
유연히 흘러가라 하네

산같이
물같이
몸과
마음을 정결히
늘 푸른 자연으로
싹을 틔우고 꽃을 피우고
자연으로 살다가
자연으로 돌아가라 하네

모란, 66×35, 南松 作

오솔길

숲 속의 작은 길
새로 난 길
개여울 맑은 물
따라 오르면
풀 나무 흥겨이 하늘거리고
길가에 다람쥐
깜짝 반긴다
솔바람
솔솔솔
발자국 소리

봄처녀
진달래
가슴 내밀고
산새들 즐거워 노래 부르면
돌 바위 얼음도
절로 풀어져
내 마음 속에도
꽃바람 인다
솔바람
솔솔솔
오솔길 향긋한 발자국 소리

평등, 130×31, 靑破 親書

산꿩이 운다

꿩
꿩
꿩이 우네
산꿩이 우네
너멋골
골짜기서
산꿩이 우네
산에 들에
봄이 왔다고
봄맞이 가자고
너멋골 골짜기서 산꿩이 우네

꽃
피는
산골 짝
골짝이 좋아
나들이 나오심인가
화사한
진달래

봄빛이 좋아
봄노래 부르심인가
절로 터진 목청이 애간장 녹이네
간절한 그리움이 숨어있는 것만 같네

행여
하는 생각에
설렌 가슴 다가서 보내
봄내음
처녀마음
들키심인가
수줍어
타는 얼굴 감추심인가
푸드득 나래 치며 날아오르네
무안한 걸음 멈칫 멈칫
이 봄도 산골짝에 꽃바람 이네

고토백운중, 34×20, 南松 作

사모곡

엄마는
바느질
길쌈도 잘하고
짬짬이 얘기도 잘하는
자상하고 재치 있는 분이었습니다

아기야
달따러 가자
너는 글을 읽고 나는 바느질 하게
가난 서난 꿰매시면서
서동요 같은 노래를 잘도 부르셨습니다

광
김의
외동딸로
외할아버지 모시다가
서른여덟에 늦둥이 보았다고 자랑하시며

날
엎고
부르시던
담금 담금 솔을 숭겨
화세당금 꽃이 피어 그 노래가 떠오릅니다

그
곡조
가사는
오랫지마는
지금도 생생하게 들리어 옵니다

이제껏
살아가면서
엄마 등에 업혀
듣던 그 노래 보다
달콤한 노래는 들어보지 못 했습니다

내
비록
못났지마는
우리 엄마 편히 모시고
살고 싶은 것이 못 이룬 꿈입니다

단
한번
이라도
엄마 품에 안겨
실컷 울고 싶은 것이 꿈같은 소원입니다

청산을 우러러

산아
하늘 높이 치솟은 산아
철철 정기어린 푸른 가슴아
붉은 해 산마루 솟고 금줄 같은 빛살 쏟아져 내리면
봉우리 마다 맑은 하늘 빛난 아침
호기로운 너를 우러러라

산아
가파른 푸른 능선아
마당바위 고갯길 들어서면 잡힐 듯 지난 일 떠올라라
나는 무엇을 찾아 헤매였던가
모두다 어디가고 나만 홀로 여기 섰는가
허무한 생각에 가슴이 저며라

산아
말없이 고요한 산아
솔바람 솔솔 불고 뭉게구름 피어오르면
나는 그리워라
그 모습 보고 싶어라
밀려오는 서러움에
나는 울어라 가슴이 울어라

숲속의 밀어

숲속엔
밀어가 있었네
마악 솟아난 산꽃같이
싱그럽게 피어나는 밀어가 있었네
잠시의 속삭임도 꽃처럼 향기로운데
두고두고 꽃피우면 얼마나 향기로울까
산뜻한 눈빛은
호수처럼 빛나고
순정한 마음결은
샘물인양 솟아나네
서로의 사정은 다르지만
해맑게 흐르는
깨끗한 물줄기로
메마르지 않고
그침 없이 흘렀으면 좋겠네

숲속에는 밀어가 있었네
잠시 비낀 햇살에 영롱해진 산하같이
홀연히 나부끼는 향기로운 음향이 있었네
언제까지일지 알 수 없어도
이 아침을 신선하게 일궈주는 보람의 강이네
황혼을 고즈넉이 물들여주는 영혼의 강이라네

노인, 34×20, 南松 作

수석

보라
하늘이 빚은
으뜸의 산수
천년 걸작의 자연별곡을
모진 세월
말없이 묻혀 왔다만
이 가슴
정결히 빗질하여
세진 속에 진 모습 드러냈다
비바람에도
흔들리지 않고
모진 세월에도 끄떡없이
늘 푸른 영혼으로
고요히 뜻을 새기고
해맑음을 드러내
천금 같은 무게 중심을 잡느니
한 조각 돌멩이라
가벼이 여기지 마라
내 생애 가장 값지고 빛나는 보석이러니

솔아

솔아
솔아
푸른 솔아
꿈같이
희망같이
사철 빛나는 솔아
언제나
한결같이
한 점 흐트러짐 없이
강산을
떠받치고
든든히
서있구나
일편의 붉은 단심
해맑은 푸른 정기
비바람인들 흔들쏘냐
네 모습 볼라치면
면면히 지켜온 숭얼한 역사가 떠오른다
의연히 살아온 배달의 정기가 되살아난다

향수

재
넘어
밭을 갈고
꼴
망태
둘러메고
자운영 깔린 들을 간다
상큼한 풀냄새 알싸한 꽃향기

아이야
황소 등에 엎혀
풀피리 불어보렴
아! 소
좋은 소
고마운 소
워낭소리 뒤에는
화사한 봄빛 받은 송아지
껑충 껑충 천당 가듯 뛰어가고 있다

허심, 46×35, 南松 作

그리움은 날개를 달고

어미가 왔습니다
또 왔습니다
활짝 핀 꽃 웃음으로
어머니 세상 공부 잘하고 다녀왔습니다
하고 달려들 것 같아
기적 같이 기적같이 살아 돌아올 것만 같아

바다가 넓다고 이리도 멀까
산이 높다고 이리 막힐까
뉘라서 애타는 이 마음 알까
어머니 하고 한번 불러 주거라
세상이 떠나갈 듯한 목소리로
한 번이라도 한 번만이라도

무사하기 바라는
노란 리본이 바람결에 휘날린다
하늘도 이 기원 모를 리 없어
바람아 물결아 떠도는 구름아
멀리서 뱃고동 울리면
보고픈 내 아이 찾아온 것만 같아
그리운 내 마음 전해진 것만 같아

가을단상

저녁 노을 아래

늙수그레한 신사
물끄러미 숲속을 드려다 보고 있다

별빛같이 붉다가 푸르고
달빛같이 푸르다 노랗게 물들어 간

향기로운 잎새들

한순간
눈물지게 아름다운 꽃이었다가

스치고 지나가는 바람결에

못내
고개 숙인 수숫대처럼

그리움을 아로새기며 외로움으로 서 있다

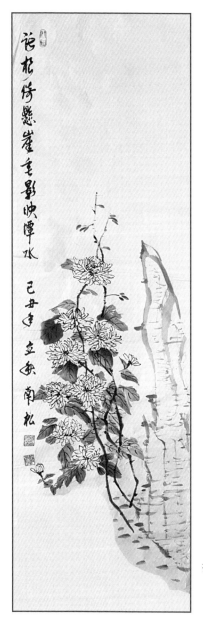

3부

사랑

菊花, 132×35, 南松 作

길

길이
없는 것 같아도
길이 되는 길이 있고
나아 갈수록 빛나는 길이 있다
산이고
강이고
본래 닦아진 길은 없든 것
오가면 길이 되고 사랑이 된다
먼 길 홀로
돌아가는 친구여
어려운 길이라도
우리 같이 의지되어
부축하며 길을 걷고
부족했던 지난날을 채워 가고 싶구나
진솔한 삶의 길 보다 소중한 의미의 길은 없으리

청자

한 눈에
쏙 들어
박봉 털어 구한
하늘빛 청자 한 점
예쁜 꽃 담지 않아도
그대로가 꽃송이요
보름달 같은 사랑의 웃음이다
볼수록
마음 가고
살가운 정이 가서
닦아주고 씻어보고
홀로라도 무아경에 든다
진공의 너른 가슴
바라보는 것으로도 보람 차
마음을 가다듬지 않고는
들을 수 없는
별빛 푸른 속삭임으로 그리움을 새긴다
천 도
용광로
불가마 속에서
영혼으로 건져낸
상감청자 연화문 꽃병
생김새만 쏙 빠진 게 아니라
홀연히 정서까지도 맑고 밝게 다듬어 주고 있다

천수답

흙
논물
가뭄 탄
등 터진 천수답
물고랑 목줄 찾아
물푸기를 땀 푸듯 하고 살았다

벼
한 폭
맘 놓고
심고 가꿀
땅 한 떼기 그리며
가진 품 다 팔고 살았다

절량농가
굶기를 밥 먹듯
초근목피
연명하며 살았다

뿔소

저 봐라
한 발짝 못 나가서
억장 놓는다
뿔 좋은 황소야
얼릉 나가
받아 뿌러라
산 넘어
강 건너
천리 밖에
나가 떨어져 버리게

코뚜레 불 지짐
아픔조차
모르는 놈들
딱
꼬나보고서
야무지게
받아 뿌러라
또 다시
허튼짓 못 부리게
얼씬 못하게

한 톨의 씨앗

한 톨의
씨앗을 깨문다
단단한
껍질 속에는
생명의 싹이 들어있다
메마른 땅에서도
성한 뿌리를 내리고
홀로라도 자랄 수 있도록
넉넉한 자양을 다져 놓았다

한 톨의 씨앗을
안치기 위해
씨앗은 저렇듯
사랑의 긍지를 다졌나 보다
영혼의 바닥에
끊기지 않은 근원으로
생명에 뿌리를 내리고 싶었나 보다
저보다 더 곱고 향기로운 열매를 위해
하늘을 보고 바람을 달래며 별을 노래했나 보다

자성

세상 어디서
뜻 모를 의미로
웃고 있는 사람은
순전히 나를 비웃고 있는 것이다

세상 어디서
울분을 토하며
성화하는 사람은
지금 나를 나무라고 있는 것이다

세상 살다보니
이웃에도 잘못하고
부모처자에도 잘못 하고
큰 잘못을 저지르고도 모르고 살았구나

한치
앞도 못 보고
타이르는 소리도 못 듣고
이 부끄러움 어이할꼬
모르고 살고 살고도 모르는 바보 천치 어이할꼬

산울림

보일 듯
보이지 않고
뻐꾹새 운다

울다
그치고
그쳤다 울고

산
울림으로
돌아오는 메아리

저 음성
아니었으면
이 아침이 이리 신선하지 않았으리

연통

이 시대를
살아가면서
허파에는 연통 말고
화통이 하나 더 생겼네
연통은
기쁠 때나 슬플 때나
가벼운 콧노래로 펴져 나가지만
화통은 건드리면
폭발해 버리는
시한폭탄 같은 것이네
무던히 견뎌온 세월
화통 터트려
덕본 일 없고
피눈물 쏟았으면서도
그놈이 요사이 붙어 다니고 있네
생솔가지 연기나
군더더기뿐이라도
한골 연통으로 잘 뿜어내고
없는 척 소란 피우지 않고 살았으면 좋겠네

노를 저어라

노를 저어라

노는 저은 만큼 나아가고
나간 만큼 위치에 내가 있다 우리가 있다

노를 놓고 나가지 않으면

제자리에 머물지 않고
저만치 뒤로 물러나 버린다

물살은 흐르고
한없이 출렁거려도

지난 시간은 돌아오지 않고
무심코 흘러버린
아쉬운 사연으로 남을 뿐이다

노를 저어라
피안의 언덕에 이를 때까지

노는 저은 만큼 나아가고
나간만큼 위치에 네가 있고 세계가 있다

정관

여보게
무얼 찾는가
세상은
그마저도
옳지 않네
뜻 모를
오류는
고쳐 가면 되지만
기민한
술책은
모두를 휘둘리게 하네
세상 무엇에도
흔들리지 않고
바로 볼 수 있는
눈동자 하나 바로 갖세
바로 보는 것이 바로 가는 것이요
바로 가는 것이 바로 사는 것이요
바로 사는 것이 참으로 잘 사는 것이 아니겠는가

퉁소

아직은
달 떠 오는 기척 없지마는

툇마루에 나아가
목울음 같은 퉁소를 분다

누가 시킨 것은 아니지만

저리고 아픈 사연
미친 듯 떨리고 있다

기막힌 사연 더할수록
맑고 푸른 가락이 되어
굽이 도는 강물로 흐른다

달이 진다

유자 향기

시제에 가면
노란 유자향이
꽃처럼 피어난다
아버지는
의관을 정재하고
어린 나를 앞세워
때마다 시제를 모시러 갔다
선산에는
모여든 자손들이
하늘을 우러러
정성으로 차례를 치르며
경배와 감사의 절을 한다
받들어라
명문의 후대들이여
빛부신 소중한 문화 전통을
선영의 아니고 어찌 내가 있는가

적선하고 위선하는 집안에
반드시 경사스러움이 따르나니
노오란 유자향 속에는
호연의 기상을 길러라 하시던
영혼을 숨 쉬게 하신 선친의 가르침이 들어있다
마음을 뛰놀게 하는 향기로운 미소가
그침 없이 피어오르고 있다

연꽃, 36×50, 南松 作

竹之品格高凛清而且有仁義禮智信五常之德. 丙申夏至 南松

竹, 132×35, 南松 作

4부

꿈

꿈 1

산골
처녀같이
순진한
서울 아씨
배꽃같이
순진한 마음씨가 좋아
그만 사랑에 빠지고 말았구나
순결한 결기 하나 믿고
산도 물도 넘는 꿈같은 기적을 꿈꾸었네

꿈 2

−야무진 꿈

늘씬한 키가
마음에 들었나

시원한 목청이
마음을 끌었나

어느 한구석 믿음성이 보였나
야무진 꿈
하늘도 가상히 여겨
무지개 구름다리를 놓아 주었네

꿈 3

−낙조

노을빛에
새로운 호흡이 걸려온다
늦가을
갈대 사이로
무상 안고 날아오르는
한무리 물새들아
잠시라도
구름밭 내려온
이 가슴의 작은 호수에 쉬어가렴
어린 시절
노숙으로 밤을 보내던
기억에 눈시울이 젖어온다
황혼의 비붕 위로
별빛이 채곡이 내려앉는다

찬란한 슬픔 1
-찬밥 한 덩이

서울
변두리
한두 사람
비껴 다니는
좁다란 골목길
반쪽짜리
단칸방에
곁들어 살았네
전수가 대학생
나만 고등학생이네
방이 적으면 어떤가
등 붙이면 그만인 걸
이부자리 없으면 또 어떤가
밤하늘 흰구름을 덮었네
따뜻한 찬밥 한 덩이 얻어먹고
굶기를 부잣집 아들 밥 먹듯 하고 살았네

찬란한 슬픔 2

―취학

천리
타관 땅
고달픈 배움 길
갈아 땔
연탄 없고
책 한권 사볼 돈 없어도
꿈에 찬
반짝이는
눈동자 있었네
어찌하고
나선 배움 길인가
하늘도 무심치 않았으리

찬란한 슬픔 3
-차가운 불꽃

종로로
동대문으로
잰걸음 쳐봐도
실망 말고 얻을 것 하나 없네
재난이 휩쓸고 간
청계천
북창바람이
사정없이 귓창을 친다
맹골로
지나온 사람은 모르지
밤하늘 별들이
어찌 저리 총총한지
차가운 불꽃만 가슴속에서 타오르고 있었네

천우신조

학창시절
4·19를 맞고
군에서 5·16을 맞았네
개혁의
혁명정신이
내 딛고 일어선
발판이 된 것인가
낮에는 복무를 하고
밤에는 대학을 나갔네
천금 같은 기회라
한순간도 놓칠 수 없었네
교수들은 내 노라는 학자
학생들은 두눈이 반짝이는 용사
먼지 펄펄 나는 메마른 땅에서 한송이 꽃이 피어올랐네

문학과
철학이
땅기고 향기로웠으나
들여다 볼 시간이 없었네
법대를 지망함은
국가고시를 목표로 삼고
학문과 생활의 모체가 되는
딛고 설 자리를 스스로 마련코자 한 것
궁핍에서 인간을 배웠고
고비마다 인내와 용기를 얻었네
굽이굽이 열두 굽이
징검다리를 뛰어 넘고
산을 넘고 바다를 건넜네
천재일우의 기적을 천우신조로 일구어내고 있었네

축복

꽃
같은
소녀야
달동네면 어떻고
꽃동네면 또 어떠리
산
까치
한 쌍 같이
수풀 속 둥지 틀고
창 하나 남쪽으로 내고
나는
너를 믿고
너는
나 하나 의지하고
초원의 빛
실낙원의 꿈을 안고
저 넓고 푸른 지평을 가 보자 달려 보자

생활 1

−배리

애써
일해도
초라한 신세
지푸라기 하나
붙들어 볼 형편없이
배리 속을 해매였구나

멋대로
휘둘러 대는
종잇장 하나에
목매 다니면서
입도 뻥긋 못하였구나
뭐 그리 대단한 벼슬이라고

녹죽, 34×20, 南松 作

생활 2

−불찰

늘
살피지
못 했구나
바쁘다는 핑계로
돌보지도 못하면서
몇 푼 안 되는 빈 봉투 내놓고
얼굴 붉히기만 하였구나

지지리
못났으면
고개나 수그리지
순진한 가슴
울리기만 했구나
그렇게 어렵고 힘든 줄은 생각도 못 하였구나
잘 살아줘서 고맙다는 따뜻한 말 한마디 못하고 말았구나

생활 3
−바보

하늘을
올려다본다
허튼 구호가
얼마나 하찮은 것인가
꿈을 짓밟은
일단의 무리
구린내 나는 수작이 벌어졌다

꿈을 접은 채
스스로 떠나야 했다
새 출발 할 수밖에 없었다
바다처럼 깊고 진한 아쉬움만 철썩이었다

사람아 다 나 같을라

산 같은 그리움 어이 할 거나

말 한마디
천냥 빚 갚는다는데

내 잘못이 하늘을 찌르고 있었구나

죄스런 마음 어이 할 거나
순결한 가슴 얼마나 아팠을 거나

성정이 운명을 갈라놓고 말았구나

사람아 다 나 같을라
순간을 놓치면 영원을 놓친다
착한 미소 상냥한 목소리 들을 수 없다

그리움 더해갈수록 후회만 깊어간다

江山如意

강산, 35×19, 南松 作

수필

1부

松鶴, 66×35, 南松 作

일출을 보리라

산은 오르고 또 올라도 미치지 못한 것이 산이요, 강은 흐르고 또 흘러도 다 흐르지 못한 것이 강이다. 그런가 하면 산은 오르고 또 오르면 못 오를리 없는 것이 산이고, 강은 흐르고 또 흘러도 바다까지 흘러야 강이다.

산과 강이 만나 그 맑고 푸른 기운이 뻗친 삼각산 허리 한 자락 붙들고 강남이 개발되고 황금알을 쏟아낸다 해도 눈 하나 꿈쩍도 않고 바위처럼 산에 올라서서 아침 해가 돋아나기를 기다리는 곰 같은 미련퉁이가 하나 있다. 산을 즐겨 찾는 것은 숲이 좋아서도 이지만 동녘에 떠오르는 해를 바라보는 즐거움이 있고 푸른 하늘 맑은 공기를 호흡하다 보면 정결한 정신이 들어 자연과 같은 멋과 여유도 생겨나기 때문이다.

일출을 보리라. 해는 돋을 때 아름답고 또 질 때 황홀하다. 어느 한 순간도 놓칠세라 아침 일찍 산을 오른다. 일출은 동해에서만 보는 것이 아니다. 동해 일출보다 더 곱고 둥근 해 돋이를 여기 서면 볼 수 있다. 저 멀리 한강이 굽어 흐르는 능선 수풀 사이로 동백꽃보다 더 붉은 새빨간 햇덩이가 솟아오른다. 허공에 돋아나는 이 장관 일출 운해를 무어라 형용하랴. 감동만 소스라쳐 복받친다. 퍼지는 빛살마다 실낙원의 꿈이 물결친다. 아! 초원의 빛이여 삶의 영광이여!

숲과 계곡이 있는 화계사 계곡을 한 마장쯤 걸어 오르노라면 산중턱 동남 편에 마당바위가 있다. 사방이 확 트여 전망도 좋을 뿐 아니라 주위에 크고 작은 나무들이 고이 둘러서 있어 홀로라도 외롭지 않다. 이따금 산꿩도 울다가고 까마귀 까치도 노닐다 간다. 이곳 손바닥만 한 마당이 내 마음을 고요하고 평온하게 하는 보금자리요, 자신의 존재 가치와 삶의 의미를 되새기게 하는 숨통 자리다. 옹달샘에서 맑고 깨끗한 샘물줄기가 터져 나온다. 시원한 물을 한 모금 받아 마시면 막혔던 가슴이 툭 터져 생기가 오르며 하늘을 나를 듯 몸과 마음이 가벼워지고 막혔던 목청도 트여 나온다.

해야 솟아라/ 고운해야 솟아라/ 온누리 가득 그리움의 날개를 펴라/ 천만리/ 비추어도/ 천만년을 비추어도/ 너만은 한 점 굴절 없는 빛이요 생명이니/ 언제나/ 꿈처럼 아름다운/ 동 터오는 금수강산/ 눈부시게 빛나는 새아침을 맞으리라/

햇살 받은 자연은 상상할 수 없는 신비를 자아낸다. 아침 일찍 산행하기 힘들고 버겁지만 이만큼의 수고로움으로 천혜의 푸른 하늘과 땅 그 사이에 떠오르는 붉은 태양, 해맑은 대자연의 아름다움을 맞이할 수 있다니 축복치고는 너무 작은 수고로움이 아니랴. 이 빛나는 아침 상서로움이 감도는 새벽을 놓치고 어찌 세상의 아름다움을 말할 수 있는가. 나는 아침이 고운 조국강산이 한없이 자랑스럽고 사랑스러움을 느낀다. 아침이 고운 나라 조선이라는 국명도 여기서 비롯되어 지어졌을 것이다. 여기서 얻어지는 상서로운 기운으로 오늘을 산다. 여기서 얻어지는 영감으로 글을 쓰고 그림을 그린다. 보잘 것 없어도 산시와 민족시가 여기서 얻어졌다. 몇 시간 머물지 않은 짧은 시간에 지나지 않지만 오르내리는 돌 뿌리, 가파른 길도 보배로운 은혜의 길이요, 희망을 샘솟게 하는 보람찬 길이다. 어찌 새벽같이 서둘러 길을 나서지 않으랴. 이렇게 산행하고 나서 아침을 들어보라. 아침이 꿀맛이요, 한숨의 잠이 꿀잠이니 일상생활이 어찌 즐겁고 다감해지지 않으랴.

동창이 밝았느냐 노고지리 우지진다/ 소치는 아이는 상기 아니 일었느냐/ 재 넘어 사래 긴 밭을 언제 갈려하느냐/

조선 숙종 때 문신을 지낸 약천 남구만 선생의 시조다. 동녘이 밝아오고 붉은 해를 바라보노라면 이 시가 자꾸 연상된다. '부지런히 일하라'라는 근농을 일깨우는 시조로 배워왔다. 그러나 한걸음 더 나아가보면 당시 사색당파에 피폐한 국정을 농촌 풍경에 빗대어 비유적으로 표현한 것으로 '나라 일에 마음을 두지 않고 당쟁만 일삼는가'라는 표면적 주제에 숨겨진 이면적 주제를 생각할 수 있다. 나라를 걱정하는 우국충절의 좋은 시조로 평가 된다. 동창은 동해 해동성국으로, 태양은 임금을 상징하고, 노고지리 우지진다는 임금의 성총을 흐리게 하는 간신배를, 소는 백성을, 아이는 목민관을 재 넘어 사래긴 밭은 산적한 국정을 언제 돌보려 하는가 하는 의미의 시조인 것이다.

누가 그랬던가. '꿈을 가져라. 꿈이 있는 한 산 것이요, 꿈이 없으면 죽은 것이다'라고. 꿈이 있는 한 꿈은 날로 익어 가는 것이요, 사라지는 것이 아니다. 더구나 조국과 민족을 위한 일에 있어서랴. 약천의 권농가 같이, 아니 주자의 권학가 같이 한 순간의 시간이라도 게을리 하거나 가벼이 해도 아니 될 것이며 품은 뜻은 날로 더 크게 키워 나아가야 할 것이다.

하늘은 맑고 푸르다. 대자연은 아름답고 우는 새소리는 즐겁다. 하늘이 맑고 푸르니 내 마음도 맑고 푸르러 더 큰 세상으로 두 나래 활짝 펴고 무한질주하고 싶어진다. 세상은 마음 문을 열고 눈을 뜬 자의 것이다. 눈 뜬 만큼 보이고 눈 뜬 만큼 얻어진다. 한 세상 눈을 뜨면 천지가 도솔천이고 눈 감은 세상은 도처가 깜깜한 칠흑이라 하지 않는가.

내일 다시 오늘 같은 해는 뜨지만 지나간 오늘은 다시 오지 않는다. 오늘 우리 가는 길이 비록 버겁고 힘들지만 청산을 오르듯 오르고 또 오르면 못 오를리도 없지 않은가. 샛강에 흐르다 그칠 것이 아니라 흐르고 또 흘러 저 드넓은 바다 가운데로 나아가야 할 것이 아니겠는가. 이제 천우신조로 조국 강산에 서광이 비치기 시작했다. 가로막힌 철조망이 거치고 남북 끊긴 길이 트이는 엄숙한 순간이다. 실낱같은 희망이 싹 트고 남북 화해와 상생의 길이 트이는 천재일우의 기회가 조심스럽게 다가오고 있다. 가야할 길은 멀고 풀어야 할 짐은 무겁다. 우리 몸과 마음을 다해 스스로 길을 열어 나아가지 않으면 새 아침의 봄은 다시 오지 않는다. 내 작은 뜻과 마음 하나라도 보태어 먼동이 트는 찬란한 새 역사의 새 지평을 우리 다 함께 열어 나아가자.

천하문장 누가 그를 홀대 했을까

　기행문의 백미로 일컬어지는 열하일기는 조선후기의 실학파 연암 박지원 선생이 청나라 연경을 여행하고 돌아와서 쓴 책이다. 중국의 문인들과 사귀고 연경의 명사들과 교우하며 목격하고 견문한 내용을 그의 특출한 문장력으로 여러 방면에 걸쳐 소개하고 당시의 미치지 못하는 사회제도를 신랄하게 비판하며 일대 개혁을 단행할 것을 주장한 조선 문학의 대표적인 걸작품이다.

　서울 탑골 주변에는 벼슬길에 나가지 못한 문사들이 많이 살고 있었다. 밤을 지세우면서 현실모순과 비리를 뜯어 고치는 것으로 시절을 보내며 박제가를 비롯한 실학자들의 문사들과 학문과 시류를 논의했다.

　그의 인간됨은 명문대가 집의 자제로 보기에는 풍모가 너무 소탈하고 호방하나 붉은 얼굴에 눈알만은 번쩍이는 호안 같았다. 연암은 노론의 명문 반남 박씨 집안의 둘째로 태어나 일찍 조실부모하고 할아버지 손에서 자랐으나 유산도 없는 탓에 탑골 뒷골목에 기거하며 혼자 있을 때는 굶기도 하고 책을 읽기도 하다가 주변의 문사들이 모여 들면 시와 술로 흥을 돋우며 몇 날을 보내기도 했다. 그러다가 34세에 초시에 수석 합격하였으나 벼슬할 생각도 없이 노닐다가 44세(1780)년 육촌형을 따라 청 고종 칠순잔치 하사 군관으로 수행 연경을 다녀온 것이 기회가 되어 견문한 사실을 함축해서 펼쳐 보인 것이다.

　연암이 살던 18세기는 영·정조시대로 문예 부흥기였다. 북
학파 문사들은 주자학을 비판하고 청나라 문물을 이야기하고
유교적 통치 이념에 도전하며 현실개혁론을 주장한다. 이들
은 칠흑 같은 어두운 구름을 밀어내고 새 아침 푸른 꿈을 담
아내려는 진보적 지식인들로 떼로는 현실참여 고루한 체제
비판 때로는 자아 성찰로 근대 지향적인 의지와 면모를 보였
다. 인문위주의 사고에서 이용후생의 실학으로 고쳐 나가고
자 얼어붙은 동토의 토양을 조금씩은 바꾸어 녹아내리게 한
것이다.
　그래서 그는 열하일기(熱河日記)를 통해 북학파의 사상을 역
설하고 당시의 양반사회제도의 모순을 신랄히 비판한 내용을
자유 기발한 독창적이고 사실적인 문체로 구사하여 여러 권
의 한문소설을 발표하였던 것이다. 그러나 위정자들에게 구
미에 맞지 않아 배척당하고 문체 반정의 표적이 되어 널리 보
급되지 못하고 필사본으로만 전해오다 늦게야 간행되었다.
　열하일기에 담긴 호질문과 허생전 같은 문장은 풍자문학의
극치를 이뤄 구전에서 구전으로 인구에 회자되어 당대에 크
게 선풍을 일으킨 작품이다.
　호질문(虎叱文)에서 그는 북곽 선생이라는 위선에 가득 찬 학
자를 풍자한다. 요약하면 북곽 선생은 과부와 간통했는데 과
부의 아들들이 그가 여우가 둔갑한 것이라 하여 여우를 잡아
돈을 벌자고 하자 삼십육계 도망을 치다 똥통에 빠졌다. 겨우

기어 나오니 호랑이가 도사리고 있어 애걸복걸 살려 달라고
하자 호랑이는 한참 꾸지람을 늘어놓다가 선비는 속이 썩었으
므로 먹지 않겠다고 하면서 가버렸다는 요지의 이야기다.

허생전(許生傳)에는 매점매석으로 큰돈을 번 허생이 그에게
벼슬을 권하려온 어영대장 이완에게 3가지 조건을 내 세운
다. 제갈량 같은 인재를 천거할 테니 임금에게 여쭈어 삼고초
려 할 것과 명의 망명 정객에게 국혼을 주고 대신들의 집을
징발해 줄 것, 명문자제들을 뽑아 머리를 깎고 되놈 옷을 입
혀 유학생이나 상인으로 청나라에 보내 간첩의 사명을 완수
하게 할 것 등이다.

당시 조선에서 도무지 인재를 찾으려 않고 불평등하게 등
용하는 것을 비꼰 것이다. 몇몇 세도가에게 국혼을 주느니 차
라리 대국이라고 섬기는 명나라 정객에게 국혼을 주라고 빈
정거렸으며 오랑캐라고 멸시하면서도 왕실과 조정 신하의 딸
을 징발 당하는 모순된 현실을 풍자한 것이며 이웃나라의 변
화하는 신문물을 보고 개혁하지 않는 것을 꾸짖는 것이다.

양반전(兩班傳)에서는 양반들의 도덕의 허구성, 위선적이며
몰염치한 착취에 기인한 무위도식 양반의 무능에 대한 날카
로운 비판과 양반 몰락의 필연성을 역설한다. 가난한 양반과
부자인 평민이 서로 가난과 천대받는 신분을 사고 파는 장면
을 연출시킨다. 부자인 평민은 양반의 환곡을 갚아주고 양반
을 샀으나 거래를 문서화하여 화인하는 절차가 필요하다는
고울 군수는 문서를 만든다.

양반은 손에 물을 대지도 않고, 쌀값을 묻지도 말고, 더위

에 버선을 벗지도 않고, 상투를 하지 않은 채 밥상에 앉지도 말고, 국을 먼저 훌쩍 훌쩍 떠먹지 말고, 물을 후르륵 마시지 말고, 젓가락으로 방아를 찧지 말고, 담배를 피울 때에도 볼이 패이도록 빨지 말아야 한다는 등이다. 부자인 평민은 내용이 마음에 안 든다고 고쳐 달라하자, 이번에는 벼슬을 하지 아니하고 시골에 묻혀 살더라도 제멋 데로 할 수 있다. 강제로 이웃의 소를 끌어다가 먼저 자기 땅을 갈고 마을의 일꾼을 잡아다 먼저 자기 논에 김을 맨들 누가 감히 양반에게 대들겠냐고 한다. 그러자 부자 평민은 참으로 맹랑한 내용으로 자신을 도둑놈으로 만들려고 한다고 양반되지 않겠다고 자리를 박차고 나가 버리고 죽을 때 까지 양반이 되고 싶다는 말을 입에 올리지 않겠다고 다짐한다. 작가는 군수를 통해 겉치레와 횡포를 부리는 양반의 모습을 비판하여 바위에 눌리듯이 꽉 막힌 답답한 가슴을 뻥 뚫리게 한 것이다.

보고 듣는 것도 한일 없이 노는 것도 때가 되면 학문이 되는가. 걸출한 문장은 어디서 솟아났는가. 돌아보는 구석마다 한량없는 꿈이로다. 천리객창 사람이 부럽다. 그는 가난한 선비로 어렵게 살아왔으나 그의 삶에서 우리는 큰 시사를 얻게 된다. 현실의 부조리와 모순에 몸을 내던지면서 광인처럼 살았고 내부에서 꿈틀대는 고뇌를 삭이며 산 양심 있는 지식인의 모습을 본다. 그리고 학문에서 귀히 여길 것은 실용(實用)임을 강조한다. 글을 읽고서 실용을 모를 진데 그것은 학문이 아니다. 부질없이 인간의 본성이나 논하고 이(理)나 기(氣)를 가지고 제 고집만 부리는 것은 학문에 유해롭다, 하면서 민의 생활에 이용후생(利用厚生)이 뒷받침되어야 한다고 실학을 주장하고, 문장도 글의 뜻이 제대로 전달되게 하기 위해서 밑바닥 원어를 쓰고 사실과 허구를 뒤섞어 가며 반전의 묘미를 살렸을 것이다.

50살의 나이에 이르러 서야 하찮은 벼슬을 받아 부사 같은 원 노릇도 하게 되어 가난을 면했으나, 고루한 선비들은 그의 비속한 말 저속한 표현 그리고 현실에 대한 신랄한 풍자와 비판을 역겨워 했고 오히려 선비들의 문장(文章) 표본(標本)이 되어가는 것을 참지 못해 시해하기를 마다하지 않았다. 그는 소설뿐 아니라 시에도 많은 작품을 남겼다.

외로운 까치 한 마리 수숫단에 잠들고/ 밝은 달빛 아래 맑은 새벽이슬 논물소리 또랑하다/ 키 큰 나무 아래 소탈한 초가집 둥실한 바위 같고/ 초가지붕 위 박꽃은 별처럼 반짝인다.

맑은 새벽이슬 밝은 달을 대상으로 시를 짓고 깊어가는 가을 벼이삭 익어가는 논물소리 또랑한 농촌 풍경을 담아 의연한 선비의 외로운 심기를 흥취로 자아낸 것 만 같다. 이 천하 명문연암을 누가 홀대했을까.

청산에 살리라

청산이 곱게 단장을 하고 / 어서 한번 다녀가란다/ 무르익은 가을빛 매어놓고/ 한바탕 회포나 풀어보잔다.

때맞추어 꽃피는 모습 보기도 어렵지만 단풍 보기도 힘들다. 청산을 벗하려 홀연히 길을 나선다. 두매 산골 황두막에 이르러 아침을 한다. 황탯국에 손두부 맛이 일품이다. 저 멀리 설악산이 올려다 보인다. 오랜만에 찾은 늘 그리던 산이다. 설악에 오르면 마치 금강산을 오른 것 같은 환상에 빠진다. 그 빼어난 기암괴석이 그렇고, 산정에서 내리는 계곡의 맑은 산수가 그렇고 쭉쭉 뻗어난 늘 푸른 금강송이 그렇다.

저 보아라/ 천불동 계곡을 물들이는 천혜의 풍경을/ 주전골 울산바위 비룡폭포, 기암절벽 어우러진 한 폭의 동양화를/ 들어라/ 백담계곡 열 두 구비 / 고매한 정신이 듯 내려 쏟는 선율 가락을/

길이 막혀 그리운 금강산은 한번밖에 못가 보았어도 설악은 때마다 즐겨 찾던 곳이다. 이곳이야말로 우리 조국의 명맥이 이어진 산이요, 민족의 혼이 서려 있을 것만 같아서다. 이곳을 다녀가면 네 자신을 돌아보는 계기가 되고 살아가는 용기와 희망이 절로 솟아나는 것만 같다. 십 년이면 강산도 변한다는데 어쩌면 예처럼 의연하고 금강송 가지마다 그리운 빛을 더 하는가, 만산홍엽이 저마다 새로운 풍경을 자아내니, 외로운 나그네 눈물겹게 정겨우면서도 내가 한없이 부끄럽고 초라하기만 하구나.

산아/ 푸른 산아/ 철철 정기어린 푸른 가슴아/ 붉은 해 산마루에 솟아오르고/금줄 같은 빛살 쏟아져 내리면/ 봉우리마다 맑은 하늘 빛난 아침/ 호기로운 너를 우러러라

산아/ 우뚝 솟은 산아/ 솔솔 향기로운 푸른 가슴아/ 푸른 솔천년바위 고즈넉한 품에 안기면/ 나는 좋아라/ 훨훨 나는 청신이 좋아라/ 나는 무엇을 했던가/ 저려오는 아픔에 가슴이 터져라/ 산아/ 하늘높이 솟은 산아/ 천년함묵의 슬기로움아/ 끝없어 맑은 물 흘러내리고 초록빛 물들으면/ 나는 그리워라 그 모습 그리워라/ 태산 같은 은혜 호수 같은 그리움에 가슴이 울어라

우리 선사들은 산 좋고 물 좋은 곳에 명찰을 세웠다. 그 맑고 푸른 정기로 중생을 깨우치려 함인가, 어디나 할 것 없이 고찰이 자리한 곳에는 천하제일의 경치와 산수를 자랑하는 풍경이 있다. 설악의 신흥사가 그렇고, 치악산의 구룡사가 그렇고, 계룡산 동학사 지리산 화엄사가 그렇다.

조금 걸어 나가면 산책이요 한발 더 오르면 산행이요 바람 잡고 구름타면 여행이라 자연을 벗 삼아 바람 따라 나아가는 것이 여정이요 마음의 수련의 길이다. 이야 말로 인생행로에 으뜸가는 서하객 같은 발자취가 아니냐, 이렇게 혼자 구름처럼 떠돌다 바람처럼 사라져버리는 것이 인생이 아니냐.

금강송 우거진 숲길을 지나 유유히 흐르는 계곡을 따라 산심이 깊은 봉오리를 향해 오른다. 고산준봉이다. 어느 곳에 올라도 만만한 산행은 없다. 산은 오를수록 가파르지만 힘겨울수록 비장의 신비를 풀어 놓는다. 어찌 청산의 품에 안겨

보지 않고 자연을 아니 인생을 풍미했다 하며 세상의 섭리를 노래하랴.

혼자 하는 산행길이나 동행이 없어도 외롭지 않다. 맑은 파아란 하늘이 손짓하고 지나는 골자기마다 그림 같은 풍경이 도사리고 반가이 맞아주고 이름 모를 새소리 물소리 가까이 소곤거리니 흥취가 돋아날 뿐이다. 나그네 가는 길 티 없이 홀가분 하니 만단정회가 절로난다. 명상과 창작의 세계는 사물 속에서 자신만의 고행 을 통해서 얻어내는 순수교감의 응축된 결과요 아프고 힘든 마음의 눈길이 가슴속에서 피가 되고 눈물이 되어 되살아나는 세계가 아니겠는가.

오지산골에 단풍이 익어가네 청산이 물드니 내 마음도 물들어 풀같이 나무같이 청산에 살고 싶네. 산은 참으로 많은 것을 시사해준다. 더 이상 무엇을 찾고 바라랴. 이렇게 나약한 짧은 손발로 무상한 세월 딛고 청산 앞에 설수 있다는 것이 얼마나 보람되며 감사한 일이냐. 하늘을 우러러 감읍할 뿐이다. 끝없이 이어지는 석벽 계곡 사이를 오르고 또 기어오르다 그만 심산유곡에 빠져 헤어나지 못하고 해가 저물어 버린다. 심려 깊은 청산은 쉬이 속마음을 내주지 않는구나. 곰이라도 나오면 곰 굴에라도 가고 싶고 사슴이 나오면 사슴 따라 어디론가 가보련만 적막 속에 어둠만이 밀려온다. 머뭇거리다 못해 천 길 낭떠러지로 떨어질 것 만 같아 정상을 앞에 두고 떨어지지 않은 발길을 돌린다. 언제 다시 올까, 조금만 더 오르고 하루만이라도 더 묵었다가고 싶은 아쉬움만 발에 밟힌다.

오늘을 살아가며

인생이란 무엇인가? 과연 우리는 인생을 어떻게 살아야 할 것인가? 이 같은 물음에 대한 철학적인 답변이 논어의 첫 구절에 나와 있습니다. 인생은 즐겁고 뜻있게 살아야 한다는 것입니다. 이 즐겁고 뜻있는 것은 학(學)과 습(習)에서 얻어지고 친교에서 닦아진 것이라 합니다. 학이시습지 불역열호(學而時習之 不亦說乎) 유붕 자원방래 불역락호(有朋自遠方來 不亦樂乎)라 했습니다. 배우고 익히니 기쁘지 아니한가, 친구가 먼 곳에서 오니 또한 즐겁지 아니한가 입니다.

삶이 고달프고 힘든 것은 예나 지금이나 다를 바 없는 것 같습니다. 괴롭고 서글퍼도 즐겁고 뜻있게 살아야 한다는 것입니다. 그래야 잘 사는 것이라 합니다. 삶 중에서 가장 으뜸인 것이 배움에서 오는 희열(說)과 익힘에서 오는 낙(樂)이니 어려움 속에서도 이를 잃지 않은 사람이 인생의 참의미를 깨달은 것이고 그것이 참 잘사는 모습이라고 말합니다.

소년이로 학란성(小年易老 學難成)이라고 했습니다. 소년은 늙기 쉬우나 학문은 이루기 어렵다 한 것입니다. 수학하는 학문이 하나같이 쉬운 것은 없고 더구나 성취하기란 하늘에 별 따기 만큼 어렵다는 것은 다 아는 사실입니다. 저는 일찍 어머니를 잃고 중학마저 중퇴를 하고 전화가 쓸고 지나간 서울 거리를 배움을 계속하기 위해 굶기를 밥 먹듯 하고 살아야 했습니다. 이 학원 저 학교를 울타리 넘어 기웃거렸고 그나마

친구에게서 책을 빌리고 노트를 베껴 쓰다 보니 호기심만 쌓이고 돌 머리가 좀처럼 트이지 않고 잠시 동안의 공백을 애써 메우려 해도 영영 매워지지 않았습니다. 한시라도 때를 놓지 않고 매진해 나가는 것이 얼마나 소중한 것인가를 실감하고 있습니다.

남들은 먹고 살기 위해 돈을 벌고 일을 하지만 나는 학업을 위해 일자리를 찾고 일을 했습니다. 교복 교모 쓰고 학교 가는 길이 가장 보람차고 행복 하였습니다. 먹고 살기도 힘든 터에 배움을 계속하려니 여간 쉽지 않았지만 배움을 유일한 즐거움으로 삼고 숙제를 안고 풀며 살아야 했습니다.

그러다 미관말직을 얻게 되었고 한직을 전전하며 일하면서 배우고 배우면서 일하였습니다. 돈도 없고 빽도 없어 이곳저곳 쫓겨 다니며 일하다보니 형편없는 직장생활이었습니다만 가시에 찔려도 좋은 향내를 내는 꽃 이력이 되었습니다. 피와 눈물은 꽃을 피우고 결실을 하는 감성의 원천이 되고 어려움 속에서도 호기심을 갖고 갈고 닦는 습성은 자기 개발의 기회가 되었습니다. 그러다 보니 세상 바로 보는 눈이 생기고 아무렇지 않은 것도 받아들이는 아량이 생겼습니다. 그보다 더 소중한 것은 그것이 시비선악을 구분할 줄 아는 변별력이 되고 가슴 속에서 수진지만(守眞志滿) 하는 정신으로 자란다는 것입니다. 이것이 무엇보다 값지게 산 학이시습의 요람이 아니었는가 생각합니다.

세상 많이 달라진 것을 봅니다. 예전엔 어렵게 지내면서도 두터운 정을 나누고 거짓은 금기시 되어 서로 믿고 의지하며 살았습니다. 허나 지금은 거짓이 통하는 가치관이 변해버린 세상이 되었습니다. 아무리 많이 배우고 높은 직을 지냈으면 무얼 합니까? 말과 뜻과 행동이 다르고 생각이 옳지 않으면 오히려 무지한 졸부만도 못한 것입니다. 진실에 대한 수행같이 세상에서 소중한 것은 없습니다. 세상이 달라지고 개인주의 이기주의가 만연한다 해도 지성을 갖은 식자가 솔선하고 초연히 정도 정론을 펼치지 못하고 일신의 영달과 안위에 빠지고 있는 현실을 보면 참으로 안타까운 마음 금할 길이 없습니다.

제가 늘 존경하는 분이 있습니다. 아산 정주영 선생입니다. 초등학교 밖에 못 다닌 분이나 월남하여 쌀가게 배달로 사업을 일으켰습니다. 성공의 기회는 누구에게나 공정히 주어지는 자본금이라 여기고, 남보다 빠른 시간에 일어나 새로운 일을 계획하고 정진하여 불가능을 가능으로 일군 분이십니다. 시련은 있어도 실패는 없다는 신화를 남겼듯이 산을 뚫어 길을 내고 바다를 메워 농토를 만들고 중공업을 일으켜 많은 일자리를 만들어 내었습니다. 이렇게 무에서 유를 창조하고 황소 떼를 몰고 가로막힌 분단의 벽을 넘어 통일의 꿈을 실현한 기적을 세운 것입니다. 그분을 생각하면 창의가 절로 북돋아질 뿐 아니라 새로운 용기가 살아나고 지혜가 되어 일어서게 됩니다.

귀 열고 눈떠라 오늘 삶이 힘들 지라도 초조해 하거나 소홀히 하지 마라 어렵게 일궈 낸 삶이 더 값지고 보람되리니 눈

물을 꿀꺽 달게 삼켜라 해원을 헤쳐 나가면 갈수록 참다운 삶의 깊이를 깨달을 수 있으리

젊은 시절 어렵게 보아오며 습작한 필서들이 서가에 가득 차 있습니다. 이제 낡고 헐어 그만 버려야 할 때인데도 쌓아 놓고 있습니다. 눈물로 꽃피운 진한 향기를 맡을 수 있기 때문입니다. 이따금 마음이 우울할 때면 녹차와 같이 우려 마시며 향수에 젖고 합니다. 그리움이 묻어나는 책 이것을 찾아보는 재미란 내 자신을 돌아보는 계기가 되고 학문의 진면목이 자신의 내면으로 흠뻑 스며들어오는 듯 희열의 기쁨이 되고 살아가는 참 의미가 됩니다. 논어의 첫 구절처럼 내 자랑스러운 모국어로 늦도록 붓을 잡고 글을 쓰게 된다는 것은 인생 삶의 지팡이가 되고 살아가는 즐거움이 됩니다.

 ## 아름다운 노래

노래 부르자/ 노래 부르자/ 아름다운 노래를/ 삼천리강산에 새봄 돌아오니/ 백화가 만발하구나.

봄이 오면 희망찬 봄노래를, 가을이면 들국화 향기로운 가을 노래를, 돌아오는 계절을 찬미하는 마음으로 부른다. 아름다운 노래는 꿈을 싣고 사랑을 싣고 멀리 멀리 퍼져 나간다. 산을 오르기 힘들고 조심스럽지만 오르기만 하면 천국을 오

른 것 같아. 눈부시게 찬란한 태양이 솟는 것을 보고, 해맑은 바람결에 봄을 찬미하는 새들의 노래 소리를 듣고, 상서로움이 피어나는 대자연속에서 천진난만한 동심이 되어 노래를 부르게 한다. 그래서 이곳은 숲과 하늘이 내어주는 우주 예술의 공간이요, 살아가는 즐거움이 솟아나는 낙원의 전당이다. 이 천혜의 보금자리에서 내 마음속의 이야기가 자연 발생적으로 풀려나와 노래하다보니 시가 되고 음악이 된다.

아! 나그네란 흔들리는 갈대인가. 스치는 바람결에 흔들리는 것을 보면. 언제나 한가락의 곡조도 시공을 물들이는 영혼의 멜로디가 되지. 지나간 봄날은 짧았지만 진달래 철쭉 피는 동산에서 혼자라도 봄 처녀와 목련화를 부르며 행복했다. 누가 말했던가. 음악이란 사상 감정을 소리로 표현하는 시간적 예술이라고. 아무 거리낌 없이 가곡을 부를 수 있는 시간은 비록 짧지만 이 짧은 순간도 자신의 감성을 키우는 생애 가장 뜻있고 보람되는 시간이 된다. 어느새 왔던 봄은 가고 피었던 꽃은 진다. 변하는 것은 단지 계절 뿐만은 아니다. 의지나 환상도 그리고 아름다운 추억마저도 뭉게구름 같이 피어났다 사라진다.

듣는 시집이랄까. 누군가는 랩을 리듬 엔 포에트리라고 했지만, 랩도 아니고 시도 아니고 송도 아닌 혼합된 랩과 리듬과 시가 송이 되기도 한다. 홀로이 울적함을 풀어 보고자 시도해보는 발성연습인지도 모른다. 예술의 세계 특히 음악의 세계는 그 영역을 헤아릴 수도 없이 깊고 넓다. 늘 산에서 같이 지내는 친구는 이제는 대음희성으로 득음을 한 것 같다고 부추긴다.

가곡을 즐겨 부르는 이유는 멜로디가 밝고 가장 쉽게 부를 수 있으며 단순하고 솔직하게 표현되는 내용이 좋아서다. 시와 음악이 악기가 아닌 사람의 목소리로 울려 퍼지는 성악의 세계가 더욱 감동적이고 값진 것이라 여겨진다. 가곡의 발생지는 이탈리아다. 성악이란 것도 이탈리아에서 시작을 알렸다. 그래서 오페라와 성악의 모든 것이 이탈리아 음악으로 들린다.

우리가 부르는 노래는 인류 시작의 역사와 같이 시간과 공간 그리고 이념과 역사까지 초월하여 면면히 이어져 왔던 것이다. 음악은 자연 발생적으로 이렇게 불러져 왔으며 이것을 정리, 체계화하여 만든 것이 성악이다. 아름다운 시에 곡을 붙이거나 아름다운 선율에 가사를 입히는 가곡은 모차르트 작품에서부터 시작하여 베토벤을 거쳐 슈베르트에 와서 가장 왕성한 창작열을 불태웠다 한다. 가곡은 엄연한 형식에 의해 절제된 감정을 섬세하게 표현한다. 시와 음악이라는 최고의 낭만적 요소로 결합되어 풍부한 인간의 감성을 담아낸다. 그리고 민요는 삶의 희로애락을 담아낸 민중의 소리이다.

이탈리아 사람들은 방언에 특유의 서정 리듬을 붙인 것 같은 칸초네를 즐겨 부르며 낭만에 빠져있다. 그래서 카루소 같은 온 세계인의 마음을 사로잡은 음악가가 이곳에서 태어났는지 모른다. 이처럼 이탈리아 가곡이 세계를 선도하는 것은 메디치 같은 과학과 예술에 조건 없이 투자한 선각자가 있어서다. 르네상스를 사실상 가능케 했다니 말이다. 가곡을 즐겨 부르자. 가곡 속에는 인생이 있고 예술이 있다. 가곡 속에는 불변의 사랑과 평화가 있다. 우리 모두를 행복의 나라로 이끌어 간다.

나는 잘하지도 못하고 아는 곡도 고작 몇 곡에 불과하지마는 가곡을 즐겨 감상하고 부른다. 그 중에도 특히 좋아하는 가곡은 봄이면 그리운 금강산, 봄 처녀, 목련화, 가을이면 들국화, 기러기 등이다. 즐겨 부르는 외국 가곡은 소렌토와 산타 루치아나 아모레 미오 같은 이탈리아 가곡이다. 조수미의 아름다운 금강산을 들으면 온몸이 녹아내리는 것만 같은 황홀경에 빠지게 된다. 어쩌면 그리운 금강산을 섭렵, 만끽하고 돌아온 것 같은 후련함이다. 그 삼삼한 가사에 그 아름다운 목소리인가. 상상 이상의 명곡이 되어 사무쳐 온다. 산타 루치아나 소렌토를 부르면 아름다운 지중해 연안의 절벽 위에 세워진 해안도시가 창공에 빛나는 별처럼 물결 위에 어린다. 언덕 위에 하얀 집, 깎아 세워 놓은 듯한 층암 적벽 사이로 푸른 하늘과 잔잔한 넓은 바다가 끝없이 펼쳐지고 연이어져 있는 언덕 위에는 그림 같은 가옥들이 아기자기하게 들어서 있어 마치 하늘의 선녀들이 사는 곳인 듯 신선하게 다가온다.

나폴리가 세계 삼대 미항이라서 일까. 이곳을 배경으로 한 가곡이 많다. 산타 루치아나 돌아오라 소렌토로나 아모레 미오 같은 가곡들이 그것이다. 이탈리아 여행 중 눈부시게 빛나던 카프리에서 유람선을 타고 나폴리와 소렌토를 관망했던 생각이 아름다운 추억의 노래로 사무쳐온다.

멋진 당신과 우승을 다툰 곡 아모레 미오는 돈이 없기 때문에 사랑에 실패한, 현실적 내용을 극적으로 노래한 명곡으로 우리나라에서도 한때 애창되었던 곡이다. 우리가 헤어지는 것은 이 세상을 사랑만으로는 살 수 없기 때문이라는 여운을 남긴다. 음악을 하면 마음이 즐거워 영혼의 뿌리도 맑아진다. 요즈음은 색소폰이나 드럼, 기타 악기를 하는 이들이 많으나 악기보다는 성악이 더 좋은 것 같다. 가슴속에서 터져 나오는 육성으로 마음의 노래를 부르는 것이 얼마나 감동적이고 보람찬가. 우리 돌아오는 새 봄에는 빛나는 우주 앞에서 아름답고 향기로운 사랑과 희망의 노래를 불러보자. 그래서 세상을 더 밝고 아름답게 희망을 꾸미며 살아보자.

소월찬미

소월시를 외우며 감동해마지 않았던 그 시절이 있었습니다. 귀한 음절 가운데서도 나를 사로잡았던 것은 '엄마야 누나야 강변 살자'였습니다. 엄마가 그리울 땐 이 시를 노래하며 솟아나는 눈물을 훔치곤 했습니다.

엄마야 누나야 강변 살자/ 뜰에는 반짝이는 금 모래 빛/ 뒷문 밖에는 갈잎의 노래/ 엄마야 누나야 강변 살자.

첫 구절과 마지막 부분이 똑같이 3음보의 전통적 리듬을 끊어 사용한 것이 가사와 함께 매혹적인 이 시는 날 껴안고 다

독이시는 어머니 음성같이 언제나 내 마음 속을 파고 들었습니다.

소월은 1902년에 평북 정주 곽산에서 남매의 장남으로 태어났습니다. 정주는 안창호, 조만식, 이승훈, 이광수, 김억을 배출한 인재가 많이 나는 고장입니다. 명문 오산중학에 다니면서 김억(안서) 선생을 만나게 되고 전통 민요조 율격에 기초한 민요시를 창작한 그의 영향을 받아 소월의 민요조 서정시가 생겨 나오기 시작하였습니다.

그는 14살 때부터 3살 위인 오순을 알게 됩니다. 사랑은 누구에게나 시인을 만듭니다. '그리워 못 잊어' 같은 시는 사랑에 폭 빠지지 않으면 도저히 쓸 수 없는 시인지 모릅니다. 가만히 있어도 만단정회가 저도 모르게 우러나오는 것입니다. 하물며 순정에 민감한 젊음에 있어서야…… 소월은 종종 오순과 마을 뒤 산수가 흘러내리는 물가에서 만나 서로 마음을 주고받았습니다. 그러나 안타깝게도 아름다운 연인관계는 꽃 피우지 못하고 할아버지의 강권에 못 이겨 헤어지게 되고, 그는 첫사랑 여인을 잊지 못하고 그립고 서글픈 노래를 부르기 시작합니다. 소월은 1920년 나이 19세 때 '낭인의 봄', '그리워'를 창조지에 발표하면서 문단에 등단하였습니다. 조만식 선생이 세우신 오산중학이 3·1운동으로 폐교 당하게 되자 선생은 1921년 21세 때 배재고보에 편입하게 됩니다.

이 때 '엄마야 누나야', '금잔디', '진달래꽃', '먼 후일' 등을 개벽지에 발표하게 되었습니다만, 오순이 뜻하지 않게 생사를 달리하게 되자 그를 아끼던 간절한 마음은 상실감과 비애에 젖은 영혼의 시인 '초혼'을 부르게 됩니다. 이 시가 그의 대표적 명시가 되었습니다.

이루지 못한 사랑, 서글프고 안타까운 마음은 설움의 눈물이 되고, 그것이 한의 소리가 되고 통곡의 부르짖음이 되어 영혼으로 승화한 것입니다.

소월은 말했습니다. 시혼(詩魂)은 시작에서 이식되는 것이 아니라 그 음영으로서 현현(顯現) 된다고, 현현된 음영의 가치에 대한 우열은 적어도 그 현현된 정도와 태도 여하와 형상(刑象) 여하에 따라 창조되는 작가 특유의 미적 가치에 의하여 판정된다고 했습니다. 나는 소월의 가없는 그리움을 이끌어주는 '엄마야 누나야'에 눈물 젖었고, 그의 애끓게 부르는 초혼에 귀가 트였습니다. 당시 우리말도 제대로 하지 못하게 하는 일제하에서 오랜 전통의 한문이 쓰일 때 어떻게 이렇게 탁월한 언어감각과 주밀한 생각을 갖고 그렇게 아름다운 우리말 용어를 붙잡아서 사용하였는지 탄복하지 않을 수 없습니다.

그가 다닌 오산중학도 명문이지만 전학하여 다닌 배재학당은 연희전문에 버금가는 명문이었습니다. 배재학당은 미국 펜실버니아 출신 아펜젤러 선교사가 연희전문 설립자 언더우드박사와 함께 개항 이래 1885년 정동에 영어학교를 열고 이듬해 고종께서 배재학당 현판을 내렸습니다. 우리나라 초대 대통령을 역임하신 이승만, 한글학자 주시경, 시인 김소월, 소설가 나도향 등이 이 학당에서 배웠고, 전인교육과 동아리 중심의 일인일기교육을 지향하였습니다. 서재필 박사가 미국에서 돌아와 교편을 잡았습니다. 구한말 전제군주 하에서 인제를 양성하는 민주교육의 장을 열었고 국가사회 전반에 걸친 자유로운 논의로 한국 근대사로 개벽하는 심장부가 되고 민족 개몽운동의 요람이었던 것입니다.

'엄마야 누나야', '진달래꽃', '금잔디', '먼 후일' 등이 배재고보 시절 개벽지에 발표되었습니다. 그리고 다음해 22세에 '님의 노래', '못 잊어 생각이 나겠지요', '예전에 미처 몰랐어요', 그리고 '산(山)' 시가 발표되었습니다. 20세 전후에 이같이 우리네 서정을 일깨는 주옥같은 작품이 연달아 터져 나와 향기로운 꽃봉오리를 맺힐 수 있었든 것인지 실로 알다가도 모를 수밖에 없습니다.

삼수갑산 고향을 그리며 첩첩 산중 내가오고 못가네 하고, 고향을 그리며 진달래 꽃 등 많은 시를 읊었습니다. 그의 '산(山)'이라는 고향 그리는 산시는 언젠가 황금찬 선생께서도 되뇌이신 것을 보았습니다. 삼수갑산은 첩첩산중의 오지입니다. 물을 건너고 숲을 돌아가는 고향 산하는 봄이면 진달래가 피고 가을이면 갈대가 휘날리며 아름답게 물들어 가지만 그리고 그의 시는 고운 리듬과 절제 있는 표현으로 더욱더 정겨워 눈물겼게 하지만 그는 끝내 푸르던 꿈과 사랑, 아까운 재능을 다 피우지 못하고 봉우리 째 떨어져 버렸으니 애석한 마음 무어라 표현할 길이 없습니다.

시삼백, 일언이폐지, 왈 사무사(詩三百, 一言以蔽之, 曰 思無邪)라는 말이 있습니다. 논어의 위정편에 나오는 말입니다. 시경에 실린 시 300여 편은 한마디로 요약해 샷됨이 없다고 설파하고 있습니다. 시의 정신은 사악한 시어를 허용하지도 않거

니와 시가 되지도 않습니다. 요즘같이 잡다한 언사에서 곱고 참된 말은 사라지고 헛된 외침만 있습니다. 그야말로 거칠고 어지러운 말이 진실을 호도하고 있습니다.

무지갯빛 영혼의 음영같이 무색 무미한 한국시단에 소월의 시가 있어 오늘을 사는 아니 지난날을 살아온 삶의 의미와 값 어치를 더해주는 듯싶습니다.

그가 남긴 '엄숙'이라는 시에서 아아 내 몸의 상처받은 맘이여/ 마음은 오히려 저리고 아픔에 고요히 떨려라/ 라고 했습니다. 그의 시는 이렇듯 애틋함과 민감함, 숙연함 같은 것을 보여주고 있습니다. 불우한 시공 속에서 무거운 고독을 이겨내지 못하고 33세의 짧은 생애를 마치고 말았습니다만, 그가 남긴 시는 "진달래꽃 소월의 시집"에 수록되어 가장 많이 시와 가곡의 가사로 불려지고 100년이 다가도록 독자의 사랑을 받아오고 있습니다.

 수석

수석 하나 건져왔다. 산수가 으뜸이라 좌대에 올려놓고 이리보고 저리보고 묘취에 젖는다. 반짝 반짝 작은 별이다. 어여쁘고 귀여운 아기별이다. 하늘에서 떨어졌나 땅에서 솟았나 바라볼수록 신기롭다.

설악에서 건져온 국화무늬 청석은 늘 아리따운 몸매 곱게 곱게 단장 하고 싱싱한 황국을 한아름 안아들고 미소 짓는다.

태백산에서 가져 온 눈 오는 설산은 고향 설 같이 한 송이 두 송이 고요히 산하에 눈을 뿌리고 향수와 사색에 젖게 한다.

묘향산에서 가져온 하얀 백석은 만년설을 머리에 이고 봄 가을겨울 할 것 없이 눈 덮인 산하 한 점 티 없는 조국강산 백의민족의 혼을 만방에 고하며 형형한 눈빛을 반짝이고 있다

금강산 비로봉에서 얻어온 금강석은 세상에 둘도 없는 곱고 빼어난 자태를 뽐내다가도 이 강산이 어찌 이어져온 산하인데 턱도 없이 굴러온 돌이 어디에서 설치고 나서는가 하고 저만큼 낯을 가리고, 백두에서 천지에서 내려온 천지석은 고고한 정기를 뿜으며 풍운을 일으키다 도대체 뭘 하는 놈들인데 줏대 없이 외세 앞에 설설 기면서 제 분수를 차리지 못하느냐고 상대도 않겠다고 돌아선다.

오대산 등줄 타고 내려온 미륵보살 같은 태극 무늬석은 만면에 미소를 머금고 머지않아 꿈같은 새 세상이 펼쳐질 것이라고 우리 힘을 모아 희망을 잃지 말고 함께 나가자 애걸이다.

제각금 출신지가 다르고 모양 세는 달라도 한배타고 내려온 반도강산의 아들이요 딸이라 강산의 성근 꿈을 한데모아 아름다운 꽃봉오리 피어내자는 마음 다를 리 없다.

쌓아놓은 황금덩이는 없어도 어느 금은보화보다 진귀하고 값어치 있는 빛이요 사랑으로 응축된 정기로 정결히 다져온 보석이라 이것이 나에게는 가슴 뿌듯한 보배요 내 생애 가장 아껴오던 정물이라 언제나 다름없이 자세를 바로하고 정겨운

분위기를 북돋아 주고 있다.

중국에서 되찾아온 해동성국 형상 용무늬 수석은 기운차게 아침 햇살을 가르고 풍운을 일으키며 하늘로 치솟아 오른다. 공항에서 못가지고 간다 한 것을 기어코 찾아온 보람을 느낀다.

월남 사이공에서 데리고 온 수정같이 맑은 꼬맹이 녀석은 이제 전쟁이 끝나고 평화를 찾았으니 그리운 고향산천 돌아가겠다고 졸라대고, 오대 강 흐르는 물줄기에 몸을 씻고 정신을 닦은 수석들은 저마다 믿음직스런 모습으로 신뢰를 자아내면서도 우리 이만큼 갈고 닦아 왔으니 누구 눈치 볼 것 없이 세계만방에 우리의 빛나는 역사와 문화를 꽃 피우며 봄같이 함께 일어서자고 연상 일상을 깨운다.

보라/ 하늘이 빚은/ 으뜸의 산수/ 천년 걸작의 자연별곡을/

모진 세월/ 말없이 묻혀 왔다만/ 이 가슴/ 정결히 빗질하여/ 세진 속에 진 모습 드러냈다/

비바람에도/ 흔들리지 않고/ 모진 세월에도 끄떡없이/

늘 푸른 영혼으로/ 고요히 뜻을 새기고/ 해맑음을 드러내/ 천금 같은 무게 중심을 잡느니/

한 조각 돌멩이라/ 가벼이 여기지 마라

내 생애 가장 값지고 빛나는 보석이러니

삼일절(3·1절)

-100주년을 맞으며

　3·1운동과 임시정부수립 100주년을 맞는다. 동학 농민혁명은 이보다 25년 전에 일어났다. 변전 무쌍한 역사의 소용돌이 속에서 암울했던 조국과 민족의 운명을 타개하고자 들불처럼 일어난 민초들의 불굴의 애국정신을 기리며 시대의 아픈 숨 가쁜 순간들을 되새겨보며 자성을 촉구해 마지않는다.

　일본은 1858년 미국 페리제독과 화친조약을 계기로 영국, 네덜란드, 러시아와도 불평등 조약을 체결하여 문호를 개방하고 농민폭동과 무사세력의 봉기 등 국내 제반 어려움을 극복하면서 명치유신을 단행, 문물을 개선, 산업화에 성공하고, 서방 제국주의 지배를 모면하고 있었다.

　조선은 그보다 8년 후 1866년 프랑스와 미국의 조약제의가 있었으나 이를 받아들이지 않고 쇄국하고 있었다. 그때 일본처럼 슬기롭게 받아들여 개혁 개방을 단행했었더라면 일제에 나라를 빼앗기는 수모는 겪지 않아도 되었으리라.

　1894년 동학농민혁명이 봉건사회개혁을 부르짖으며 일어났다. 프랑스혁명같이 국정전반을 쇄신하며 개혁을 단행하였더라면 전화위복의 계기가 되었을 것을, 임란 7년의 아픔을 겪었음에도 정신을 차리지 못하고 이 절호의 기회마저 국제정세에 눈 멀고 귀 멀어 국내문제를 자체적으로 해결하려 않고 청국에 청병하는 나약한 사대망상에 사로잡혀 있었으니 어찌 나란들 제대로 지탱할 수 있었으랴.

청나라는 1839년 영국과 아편전쟁에서 1858년 톈진조약에 이르기까지 구룡반도(홍콩)를 영국에 할양하고 전비를 배상하며 1885년 인도차이나 반도 전쟁에서도 대패하여 톈진 조약을 맺고 프랑스의 베트남 지배를 인정한 상태였고, 미국, 프랑스, 독일, 스페인, 노르웨이, 러시아 등에게 불평등조약을 체결하고 영토가 산산이 찢기는 잠자는 사자가 아니라, 허수아비 종이호랑이로 전락한 지 오래였던 것이다.

청군이 아산만에 상륙하니 일본은 이때다 하고 톈진조약을 구실로 인천에 대거 상륙하고 아산 평양등지에 머무르고 있는 청군을 물리치고 경복궁에 들어앉아 내정간섭을 하기에 이르지 않았던가.

일본군은 한발 더 나아가 1895년 려순에 머무르고 있는 청군 군함 등을 격파하고 파죽지세로 요동반도를 타고 오르니 청나라는 크게 당황한 나머지 요동반도와 대만을 일본에 할양하는 시모노세키 조약을 체결한다. 그뿐인가. 러시아 때문에 빈번히 대륙진출이 좌절되어오던 일본은 1904년 2월 인천항과 여순항에 정박 중인 러시아 함대를 공격 격파하고, 만주일개에 진출한 러시아군을 무너트리고 발틱 함대를 쓰시마 해역에서 물리치고 만주일대를 차지하게 된다.

이렇게 동학혁명은 뜻하지 않게 신흥일본을 패권국으로 등장시킨 동양세력의 전환점이 되었으며 영국, 프랑스, 러시아 등 제국주의 열강들의 영토 분할 경쟁을 촉발시킨 계기가 되었던 것이다.

1905년 11월 17일 러일전쟁에 승리한 일제는 이토 히로부

미를 특사로 보내 한일협약의 체결을 강권, 을사보호 조약을
체결하고, 1906년 서울에 통감부를 설치하고 외교권과 자주
권을 빼앗아 식미지 무단통치체제로 들어갔다.

1918년 월슨 미대통령의 민족자결주의가 발표되고 각 민족
은 자기민족의 운명을 스스로 결정한다는 원칙이 천명되자
이에 고무된 청년 학생들은 봉기하기 시작했다.

1919년 2월 8일 도교조선 유학생회가 주축이 되어 독립선
언서를 발표하고 일어났고, 1919년 3월 1일 파고다 공원에서
는 민족대표 33인의 이름으로 된 독립 선언서가 선언되고 자
주독립을 부르짖는 만세 소리가 전국 방방곡곡으로 울려 퍼
지기 시작했다.

1919년 4월 11일 애국지사들은 상해로 망명 임시정부를
세우고 김구선생이 주석으로 활약하고 김원봉 선생 이범석
장군 등은 조선 의용대 의열단을 조직, 광복군, 북로군정서,
조선혁명군, 독립군, 연합부대를 창설하는 등 중국, 연해주,
만주 길림성 일대에서 무장투쟁을 전개하기 이르렀다.

일본은 한발 더 나아가 서방이 지배하고 있는 동남아로 치
닫다가 미영 등이 그들의 침략을 묵인하지 않자 진주만 공격
을 감행 태평양 전쟁을 일으키고 다급한 나머지 1943년 학도
지원병 제도를 실시, 전국대학생 4500명을 지원 형식으로 전
쟁에 투입하여 총알받이로 삼고, 20만 명의 조선청년을 강제
동원해 갔다. 그리고 12세부터 20세까지 조선처녀 수십만 명
을 강제 징집, 군수공장에 사역시켰고, 중국과 남방지방에 군
대 위안부로 내몰았던 것이다.

1945년8월 미국이 나가사키 히로시마에 원자폭탄을 투하하고 러시아가 선전포고를 하고 내려오자 어찌할 수 없이 무조건 항복하기에 이른다. 일본의 무조건 항복으로 해방을 맞았으나 우리의 상해 임시정부가 그리고 조국독립을 위해 싸워온 독립군이 연합군의 일원으로 당당히 입성하지 못하고 일본군 무장해제를 목적으로 38선이 그어지고 국토가 남북으로 양분되는 비극을 맞고 오늘에 이르렀음은 주지의 사실이다. 과거에 머무른 자는 한눈을 잃고 과거를 잊은 자는 두 눈을 잃는다는 격언이 있다. 전후 일본은 한국전쟁을 계기로 폐허를 딛고 일어섰고 세계 경제대국으로 부상 미국의 핵심 우방이 되어 과거도 잊고 미래지향적인 관계 설정마저 아랑곳하지 않고 있다.

지난 암울했던 지나온 아픈 발자취를 더듬어 보았다. 역사를 잊은 민족에게 미래가 없는 것이다. 전국각지에서 요원의 불길같이 일어난 3·1운동은 일제의 무력탄압과 세계열강의 외면으로 목적을 달성하지는 못하였지만 자주독립 사상과 자유평등사상 민주주의 사상의 발로로 민족의식과 민족정신에 새로운 자각을 주었고 교육진흥과 신문예운동 산업운동이 활성화 되는 계기를 맞았으며 민족자립의 기초를 다지게 하는 원동력이 되었음은 부인할 수 없는 사실이다. 그러나 뜻하지 않게 조국이 분단되고 서구 문물의 무분별한 침투로 가치관이 혼동되고 개인주의 이기주의가 만연하는 사태를 직면하고 자주와 통일과 민주의 역량을 집결할 수 있는 길은 멀어져 가기기만 하는 안타까움을 어찌할 수 없어 3·1운동 100주년을 맞는 마당에 다시금 감격에 사무친 그날로 돌아가 아 조선의 독립국임과 자주민임을 선언하고 싶어진다. 그리고 그날처럼 우리만이라도 갈라서지 말고 한마음 한뜻으로 결의를 다져 나라다운 나라 조국 같은 조국을 세우고 조국의 통일과 자주 독립을 아니 하나로 뭉쳐진 우리의 역량을 세계만방에 고하는 날이 되었으면 하는 마음 간절하다.

소통하라

바람처럼 왔다가 구름처럼 떠나갔는가. 프란치스코 가톨릭 교황이 안개 속에 헤어나지 못하고 있는 이 땅을 찾아와서 진실어린 마음의 일편을 남겨주고 가셨다.

그의 언행은 종교적인 지도자보다 살아있는 최고의 지성이요 이성의 계시자 같았다. 오랜 동안 상실과 절망 속에 허덕이는 우리에게 가장 가까이 다가와 적절한 언행으로 위로하며 용기와 희망을 안겨주었으며 크게 희망과 감동을 안겨주었기 때문이다. 나는 크리스천이 아니다. 허나 성자의 위대한 가르침에 신자가 따로 있는가, 머리를 숙이고 감사해 맞지 않을 수 없다. 그가 종교적인 행사 차 오신 것으로 생각했다. 종교적 문제가 곧 실생활의 문제요, 이렇게 큰 평화와 사랑의 메시지란 것을 생각지 못했다.

"사랑하라, 용서하라, 화해하라, 소통하라"는 말은 황망한 광야에 떠도는 인생을 구제하기 위해 기적을 이는 모세의 기도를 연상케 하였으며 이것이 선진 서구사회를 이끌어낸 지성과 양심의 일말인가하고, 일갈하는 철학자 소크라테스의 나무람과도 같았으며 아무도 끄집어 내지 못하는 금단의 언어로 부정을 깨트리는 정의의 사도만 같았다.

이렇게 종교지도자에게서 벅찬 감동을 받아보기는 처음이다. 실제로 수만의 신자뿐만 아니라 모든 목말라하는 민중들의 마음에 단비를 내려주고 있는 것이 아닌가, 그 말씀 가운데 특히 나를 감동케 하는 것은 "소통하라"는 말씀이다. 소통하라 라는 의미는 무엇인가, 남북뿐만 아니라 북미가 아니 관계하는 이웃들이 터놓고 소통하여 자유와 평화 그리고 인간 세계의 가치를 누리도록 하라는 방향제시가 아닌가, 이것이야말로 지상의 명령이요 하늘의 뜻이 아니겠는가.

진정한 대화는 공감하는 것이다. 자기주장만 하는 것은 소통이 아니라 독백이다, 라고 그는 말했다. 공감하고 진지한 자세로 수용해야 한다. 상대방으로 하여금 우리의 생각과 마음을 받아들이게 할 수 없다면 진지한 대화라고 할 수 없는 것이다. 우리의 대화가 독백이 되지 않으려면 생각과 마음을 열어 다른 사람 다른 문화를 받아 들여야 한다고 그는 말한 것이다.

매정하게 빗장을 건 우리내 마음에, 깨우침으로 다가와 마음이 열리는 기적이 생기기 시작한다. 그렇다. 신선한 언행은 그것이 속하는 인간의 영혼에 가장 큰 영향을 준다. 잠자는 생각을 다시 일깨워 놓는다. 꽉 막혔던 가슴이 툭 터진 듯 시원하고 큰 가르침은 이런 것 인가 싶고, 마음에 위로란 이런 것인가 싶게 다가온다.

아무리 미사여구를 쓴다 하여도 그 말이 시의 적절치 않으면 피부에 와 닿지 않듯, 어느 누구의 말에도 때와 장소에 따라 적절하지 못하면 감동과 감화를 주지 못하는 것이다. 가난하고 힘들고 아픈 사람에게 다가서는 그분의 말과 행동은 진짜 살아있는 양심이요, 인류의 보편적 가치를 실현하는 지도자 성직자의 모습이며 사랑을 실천하는 발자취이다.

세상을 등진 채 홀로 수행하며 자신과 사회를 정화 하는 것도 좋지만 나아가 깨우친 바를 세상에 알리고 가르침을 주고 그것을 따르게 하는 것은 한 단계 더 나가는 수행이요 수행자의 사명이 아닐까하는 생각을 갖게 한다. 대립하지 말고 용서하고 화해하고 협력하라는 그 말씀, 더욱 자본주의의 탐욕을 질타하는 그 모습은 평범한 일상의 수도자가 아니요 어느 누구보다 한발 앞선 몸으로 마음으로 새로운 길을 열어주는 참된 지도자요 수행자의 모습이 아닐 수 없다.

이렇게 오랜 세월동안 외세에 의해 분단 되어 설움과 고통 속에 살아가는 나라는 지구상에 없을 것이다. 또한 대립과 갈등 속에 해매이며 힘들어 하는 것을 알아차리고 따스한 관심과 은혜를 베풀어 주는 이웃도 없을 것이다.

같이 간다는 것은 무엇을 의미하는가, 서로 마음을 나눠 유무상통하며 하나같이 같이 어울려 살아가자는 것이 아닌가, 상대를 이해해주고 손잡아 이끌어 주고 따뜻이 보듬어 주어야 함에도 남의 아프고 어려운 것은 아랑곳하지 않고 자기네들의 이익만을 우선시하는 것은 결코 같이 가는 행로라 할 수 없을 것이다.

아무도 보살피지 않은 어둡고 가파르고 험한 위험천만한 절벽 길에 한줄기 빛줄기 같은 그의 티 없는 표정, 그의 손짓, 걸음걸이 그리고 온화한 미소는 신의 화신이 아니고는 형용할 수 없는 것이다. 축복과 은혜의 행진은 이를 두고 한말 이었으리라.

그분은 우리에게 무엇을 일깨우며 시사하고 갔는가, 우리에게 무엇을 생각하게 하는가, 분단의 땅, 갈등하는 세계에, 평화와 화해의 메시지를 주신 것이다. 이제 우리 모두는 그분의 가르침에 공명하였으니, 바로 자세를 가다듬고 새로운 마음을 다져 자신을 돌아보며 진실하게 새 출발을 하지 않으면 안 될 것이다.

드러내는 힘의 과시와 드러나지 않은 음모로 인간을 인간답게 하지 못하는 것은 개인이나 국가를 막논 하고 그 이유여하를 막론하고 올바른 처신이라 할 수 없으리라.

소통하라는 것은 단지 의사만 소통하라는 것은 아닐 것이다. 한걸음 더 나아가 교류협력 하라는 것이며, 이렇게 당연스러운 것을 물리력으로 막거나 방해해서는 안 된다는 더 큰 의미가 내포 되어 있을 것이다. 무력과 경제로 남의 나라를 괴롭히는 것이 아니라 수준 높은 문화와 넉넉한 아량으로 동화되게 이끌어 가라는 것이 아니겠는가.

그 분이 이 땅에 준 선물, 소통하고 화해하고 자유와 평화를 위해 헌신해 나아가야할 일은 우리에게 맡겨진 지상과제요 이웃이 같이 도모해야 할 천리인 것이다. 백지장도 맞들어야 가벼운 것이다. 이제부터라도 모처럼 찾아온 천재일우의 기회 소망의 등불을 꺼트리지 말고 한마음 한뜻으로 한걸음 또 한 걸음 조심스럽게 실행해 나아갔으면 하는 마음 간절하다.

수필

2부

鳥, 34×20, 南松 作

일상을 웃음으로

근대 농촌사회라서 그랬을까? 때 묻지 않은 전통사회여서였을까? 사람들은 사람을 보면 그리 반가워하고 인사를 나누며 어른들은 아이를 보면 관심을 갖고 나이을 묻고 성씨를 묻고 특히 어린애를 볼라치면 우는 아이도 까꿍까꿍 치켜들어 달래며 잘도 웃기고 기쁨과 즐거움을 나눴다. 살기가 어려운 시대를 살면서도 흔들리지 말고 굳건히 자라나게 받쳐 주는 미풍양속에서 비롯되었을 것이다. 우리네 인심 좋은 풍습은 곳곳마다 넘쳐났다. 그 좋은 인심은 다 어디로 갔을까. 이제는 보기조차 어려워지고 이웃마저 소원하게 되어 간다. 참으로 마음 아픈 일이 아닐 수 없다.

소문만복래(笑門滿福來)라 했다. 웃으면 복이 온다는 말이다. 또 화기만당(和氣滿堂)이라 했다. 웃음이 가득한 집안이 복된 집안임을 일컫는다. 밝은 웃음은 햇살처럼 하늘이 인간에게 내려 준 최고의 선물이다. 명랑하게 웃으면 몸과 마음도 금세 활발해지고 혈액순환이 순조로워 자기개발의 능력이 향상되니 언제나 밝게 웃는 사람은 건강하고 활기차게 보이는 것이다.

우리네 삶 가운데 행복은 누구나 꿈꾸는 가치요, 그 가운데서도 가정의 행복은 으뜸의 보금자리로 가화만사성(家和萬事成)이라 한 것이다. 잘 산다 해서 다 행복한 것은 아니다. 못 살아도 웃음이 넘치고 희망이 있으면 행복한 것이다. 그래서 마음가짐이 중요하다. 작은 것이라도 만족할 줄 아는 사람은 걱정이 없고 어리석게 보여도 마음은 작은 기쁨들로 가득 차

행복한 웃음과 이야기를 만들어 낸다. 그래서 성경에 마음이 가난한 자는 복이 있나니 천국이 저희 것이요 했는지 모른다. "아플 때 우는 것은 삼류이고 아플 때 참는 것은 이류이고 아플 때 웃는 것은 일류인생을 사는 것이다"라고 셰익스피어는 말했다.

우리 조금 더 겸손하고 소탈 하고 초연해 보자. 즐거운 웃음이 절로 나고 만족하고 웃는 것이 생활화하면 낙천적이 되는 것이다. 웃자. 웃음으로 일상을 깨우자. 확실히 웃으면 멋과 여유가 생기고 불안한 감정과 외로움 아픔이 절로 사라져 버린다.

우리사회는 유럽보다 웃음에 대한 문화가 인색하다. 오랫동안 어렵게 살아온 때문인가, 유럽 사람들은 어떤 일이나 여유롭고 유머러스하다. 유머는 머리에서 나오는 것이 아니라 마음에서 나오는 것이다.

웃음과 유머는 사람의 얼굴을 아름답게 한다. 웃는 모습은 하늘의 천사처럼 보이고 금세 엉킨 마음이 풀리고 사랑하는 마음이 생기게 한다. 대개 웃음은 관용과 너그러움과 인내와 배려 속에서 싹튼다. 누가 웃는 얼굴에 침을 뱉을 수 있겠는가. 아무리 값진 일을 하고 성스러움을 추구해도 웃음이 없으면 경직되고 삭막하다. 웃어야 대화가 되고 대화가 되어야 소통이 된다. 얼굴에 미소를 머금고 다닌 사람, 곱고 보드라운 말씨를 쓰는 사람은 사람들의 마음을 사로잡아 늘 존경과 사랑을 받게 되는 것이다.

윌리암 제임스는 "행복하기 때문에 웃는 것이 아니라 웃기 때문에 행복한 것이라 하고 사람은 함께 웃을 때 서로 가까워진 것을 느낀다 하였다" 웃음은 심리적, 신체적 건강에도 깊은 관계가 있다. 즐거운 마음과 유쾌한 생각에서 오는 웃음은 마음의 감동과 행복감을 주고 사람의 뇌를 자극하여 돈으로 살 수 없는 기적 같은 호르몬을 생산해 낸다고 한다. 웃음은 엔도르핀을 생성하는 가장 효과적인 것이란다. 그리고 이 호르몬들은 우리 몸의 면역체계에 긍정적 작용을 일으켜 암을 공격하고 기적을 일으킨다고 한다.

웃음에도 몇 가지 가 있다. 억지로 웃는 웃음이 있는가 하면 얼굴만 웃는 웃음이 있고 파안대소하는 웃음이 있고 박장대소 하는 웃음이 있다. 어느 것이나 상대의 마음을 사서 전체 분위기를 온화하게 하는 효과가 있을 뿐 아니라 사람의 얼굴을 천사같이 아름답게 만들고 마음까지 통하게 하는 것이다. 그리고 그 웃음이 진지하고 간절할수록 신체적으로나 정신적으로 건강을 가져다주는 최고의 명약이 된다 한다. 없는 여유라도 부리면서 웃으며 나아갈 때 웃음은 더 나은 웃음을 부르고 비로소 몸과 마음은 편안해지고 새로운 길이 열리는 것을 우리는 알아야 하는 것이다.

이런 웃음을 어찌하면 자연발생적으로 지어낼 수 있을까, 나름의 취미를 살려 좋은 음악을 감상하거나 아름다운 풍경을 보거나 깊은 사랑에 빠지거나 마음속에 감동할 수 있는 활동을 하는 것이 요구된다. 사랑과 애정에 빠지는 것도, 코미디 한 스크린을 가까이 하는 것도 좋지만, 나의 경우는 글을 쓰거나 그림을 그리거나 새로운 작품을 완성하였을 때 기쁨이 오고, 스포츠에 함몰 되었을 때 희열을 느낀다.

나는 혼자라도 산에 올라 산의 가슴속에서 물을 긷고 몸과 마음을 씻고 손뼉치고 새들처럼 노래하고 웃어도 보고 가벼운 운동을 하며 산수를 즐긴다. 운동도 잘은 못하지만 가볍게 할 수 있는 배드민턴 같은 것을 일부러 자청한다. 참으로 재미있게 웃을 수 있는 기회가 많은 운동이라 여겨지기 때문이다.

우리 모두 마음이 감동되게 웃자. 웃어넘기자. 그리고 자못 슬기로이 유머를 하자. 웃음도 아침햇살 퍼져나가듯 금세 전이되며 퍼져 나간다. 그리고 햇살을 받은 가지마다 황금의 과일이 여물어 익어가듯이 저마다 의 웃음은 사랑으로 마음속으로 흘러 결실되어 가는 것이다. 그래서 우리의 마음을 재치 있고 유머러스한 빛나는 언어로 넉넉하게 맑고 밝게 채우고 가족과 이웃 그리고 사회에 한 움큼씩 나누어 주면서 우리 모두 행복해지자. 상대가 잘못 되었어도 웃으며 달래고 웃음으로 받아드리며 웃음으로 일상을 깨우자. 모든 것은 자기 마음 쓰기에 달려 있다. 웃음이 있는 곳에 행복이 있고 사랑이 있다.

 ## 스스로를 돌아보며

은주같이 시원한 밤하늘에 가슴 뿌듯 별들이 반짝입니다. 별들이 명멸하며 강물로 흐르더니 새벽이 열리고 해맑은 빛살이 터져 오릅니다. 유학의 지도 이념이 향기로운 문화 꽃으로 피어나고 있습니다. 유학사상의 정신적 고향 서원이 드디어 유네스코 문화유산으로 등재되어 각광을 받게 된 것입니다.

서원은 후학을 양성하기 위해 세워 인재를 양성하였던 곳
이며 선현의 학문과 덕행을 기리며 재향하던 곳입니다. 퇴계
선생의 도산서원과 안향선생의 소수서원을 비롯, 전국 명소
에 유명서원이 자리하고 있습니다.

조선의 대표적 유학자로 가장 많은 저술과 후학을 가리키
신 분은 퇴계(退溪) 이황(李滉) 선생과 다산(茶山) 정약용(丁若鏞)
선생이십니다. 퇴계 선생은 성리학의 체계를 세우고 새로운
학설을 집대성한 반면 다산께서는 현실타개의 논리로 선진유
학에 기초해 새로운 학풍 실학을 집대성하고 사회를 개혁코
자 성리학적 사상체계를 극복하고자 하셨습니다.

퇴계 선생께서 아들 준에게 보낸 편지 일면을 펼칩니다.
"준에게 답한다. 모든 일은 부디 진실로 삼가고 조심하여 부
끄러움과 후회를 남기지 않도록 하여라. 몸은 낮은 지위에 있
으나 만약 마음이 안정되고 청렴하여 욕심이 없는 상태가 아
니라면 반드시 마땅히 해서는 안 될 일을 하게 되는 경우가
있다. 모름지기 거듭 경계하고 경계하도록 하여라."(을묘년 6.
22.) 재작년 퇴계 선생추모 모임 도운회장 문 박사와 같이 일
본 후쿠오카 지방을 방문하였을 때 퇴계선생을 기리는 일본
정행사 죽원지명(竹原智明) 선생으로부터 일본어로 번역 출판
한 퇴계선생의 주옥같은 서한집 자성록(自省錄)을 선물 받았습
니다. 어찌된 일인지 퇴계 사상은 일본으로 전래되어 덕천가
강 이후의 일본 사회를 지탱해온 중심사상이 되었고 그가 집
정한 에도시대에는 그의 저술이 일본각판으로 복간되어 신명
처럼 존승되어 온 사실에 새삼 놀라고 뿌듯해 하지 않을 수
없었습니다. 퇴계선생의 자성록은 다른 사람을 위해 출판한

것이 아닙니다. 스스로 삶의 성찰을 위해 아버지가 아들에게 보낸 편지글을 엮은 것입니다. 퇴계선생의 자성록은 그의 제자 학봉 김성일이 나주 목사를 지낼 적에 그에 의해 나주에서 간행되었던 것이 임진왜란 때 일본으로 반출되어 진 것이라고도 하고, 목판본으로 되어있던 것을 임란 때 그들이 가져간 것이라고도 합니다.

앞서 보신바와 같이 선생은 수신(修身)을 위해 가장 중요한 것이 마음의 평정이라고 보았습니다. 평정된 마음을 가져야 사물을 제대로 보며 또한 바람직한 인격도야가 이루어진다고 생각하였습니다. 선생이 주창한 사단칠정론(四端七情論)은 이기론(理氣論)적 논쟁으로 이황 퇴계선생과 호남의 거유 기대승 선생과의 논쟁이 대표적인 것입니다.

사단은 측은지심(惻隱之心) 즉, 불쌍히 여기는 착한마음인 인(仁), 수오지심(羞惡之心) 즉, 옳지 못함을 부끄러워하고 미워하는 마음인 의(義), 사양지심(辭讓之心) 즉, 겸손하여 남에게 사양하고 양보하는 마음인 예(禮), 시비지심(是非之心) 즉, 올바른 것인가 아닌가를 분별하는 마음인 지(智)의 4가지 덕목의 단서를 말하며, 칠정(七情)이란 희(喜), 노(怒), 애(哀), 구(懼), 애(愛), 오(惡), 욕(慾)을 말합니다. 또한 사람은 이(理)와 기(氣)를 모두 갖고 있고 마음의 작용은 이(理)에서 나오는 것과 기(氣)에서 나오는 것으로 구분하였습니다. 성리학에서는 이(理)가 곧 진리(眞理))입니다. 진리를 어렵고 먼 곳에서 찾지 않고 세속에서 찾았습니다. 세상에 존재하는 모든 것들에서 진리를 발견하려고 했으며 그것을 세상 속에서 실현하려고 하였습니다.

자성록은 사람의 품격, 이성을 잃지 않도록 스스로 깨우치게 하는 자아성찰의 학문입니다. 서양철학의 최고봉인 칸트의 순수이성비판을 생각나게 합니다. 그의 명언 "생각하면 할수록 새로운 감탄과 함께 마음을 가득 차게 하는 기쁨이 있다. 하나는 별이 반짝이는 하늘이요, 다른 하나는 내 마음속 도덕률이다. 이 두 가지를 삶의 지침으로 삼고 나갈 때 막힘이 없을 것이다." 항상 하늘과 도덕률에 비추어 자신을 점검하자 하지 않았습니까. 매번 잘못된 점을 찾아 반성하는 사람이 되자 한 것이 '부디 삼가고 조심하여 부끄러움과 후회를 남기지 않도록 하라'는 선생의 가르침에서 온 것만 같습니다. 칸트의 명언이 아니어도 우리는 고래로 하늘을 우러러 한 점 부끄럼 없기를 바라는 착한 마음을 빌어 왔고, 도덕률이 아니어도 양심의 가책, 인의예지(仁義禮智)의 슬기를 터득하며 살아 왔습니다. 전국적으로 펼쳐있는 서원이나 서당에서 유학(儒學)의 지도이념이 마음 속 뿌리깊이 내려와 꿈속에서도 황홀히 교화되어 왔기 때문이 아닌가 합니다.

그런데 이 황금 같은 가르침이 아이러니하게도 무사정신으로 기(氣)를 앞세우던 일본으로 건너가 에도시대의 한 세대를 풍미하고 지성사회를 회자해 온 것입니다. 허나 이(理)를 앞세우는 우리와는 달리 무(武)를 기초로 사회질서를 확립한 메이지 사무라이 후예들은 이치보다는 법과 역할을 중시하고 우두머리의 결정에 따르는 습성에 길들어져 있습니다. 오늘날 야기된 제반 문제도 이런 문화의 차이에서 기인되는 것입니다.

전후 서구문물이 밀려와 정의롭고 평화롭지 않게 가치관이 혼동된 것은 누구의 잘못이 아닙니다. 우리 것의 소중함을 잃어버린 자아성찰이 부족한 데서 온 것입니다. 그대로 있는 것이란 아무것도 없습니다. 모든 것은 생성 변화 합니다. 나를 새롭게 구성할 수 있는 기회가 많아질수록 자아성찰이 이루어진다 하였습니다. 전래의 가치를 신문물의 맥락으로 재조명 재구성 하면 더욱 창조적이 될 수 있으리라 여겨집니다. 유네스코에 등재된 서원이 세계적으로 빛나기 위해서라도 구체적인 학문체계로서 선비정신이 재편집 창조 되었으면 하는 마음 간절합니다.

 # 서남 해안을 따라

사월이다. 봄빛이 한창 꿈을 피어낸다. 동백꽃잎에 빛나는 산하를 보기 위해 남도 천리길을 나선다. 동해안에도 숨은 비경이 많지만 서남해안은 리아스식 해안이라서 일까 파도는 잔잔하고 크고 작은 섬들은 많고 갯벌은 넓고 자라나는 풀잎들은 무척이나 싱그럽다. 변산반도로부터 영광, 강진, 장흥, 보성에 이르기까지 산과 바다와 수많은 섬들은 그림같이 펼쳐져 기이한 풍광을 자아내고 있다.

영광은 백제 불교의 최초의 도래지이며 원불교 본산이 있는 곳이다. 숲쟁이 공원을 따라 내려가니, 보리수 계단 끝에 사면 대불의 위용이 드러난다. 이곳이 백제불교가 처음으로 들어왔던 법성포 불교성지다.

고구려 신라와는 달리 백제는 중국을 통하여 불교가 들어

오지 않고 인도중인 마라란타 존자가 백제 침류왕 때 이곳을 통하여 들어온 것이다. 그래 그 성스러운 불법이 처음 들어와 전해진 곳이라 해서 이곳 지명을 법성포라 한 것이다. 그리고 불갑면 불갑사라는 지명과 사찰명도 이곳 에 처음으로 세워 졌다하여 그리 지어진 것이다. 대웅전에는 간다라 양식의 독특한 양식이 지금도 그 빛을 잃지 않고 있다.

산과 바다사이로 잘 놓아진 해안 둘레길을 따라 걷는다. 칠산 앞 바다의 풍경과 해안길이 백미를 갖추고, 모던 하게 자연풍경과 잘 어우러져 정겨움을 더해준다. 명 드라이브 코스라지만 백수를 감상하는 데는 단출히 산책하는 지금보다 더 좋을 수는 없으리라. 동해안이 일출이라면 서해안은 일몰, 해질녘 섬 너머로 펼쳐지는 노을빛은 황홀경을 자아낸다. 그래서 서해안은 낭만의 길이요, 백조의 호수 같은 길이다. 잔잔한 바다 수평선 너머에서 하염없는 그리움이 밀려온다, 못 다한 언어들이 물결 위에 춤을 춘다. 해송 가지 늘어진 비탈길에 해당화와 벚꽃도 휘늘어지게 피어 추억을 장식한다.

북으로는 월출산이 쭈빗쭈빗 영암이 있고, 서로는 땅 끝 마을 해남, 동으로 장흥에 둘러싸여 장관을 자아내고 있다. 장흥에서 흘러온 탐진강을 비롯하여 장계천, 강진천, 도암천 등이 이곳으로 흘러들어오고 동남쪽에 자리한 마량항은 수심이 깊어 해상 교통의 중심을 이루며 가우도를 비롯한 많은 섬과 하천 개펄에 늘어선 갈대는 개발은 되지 않았으나 순수 그대로 순천만보다 좋은 천혜의 입지를 갖추고 있는 것이 아닌가 싶다.

이곳 대구면은 이곳에서만 나는 특유의 차지고 고운 흙을 가지고 있어 국보급의 청자들이 이곳에서 만들어 구어 진 고려청자의 주요 생산지요, 각종 청자를 구워내던 가마터가 180여 군데나 널려있다. 나무 숲풀 우거진 만덕산에 오른다. 천연기념물인 동백림을 비롯하여 많은 수종의 원시림이 군락을 이루고 있다. 무염선사가 창건하고 고려시대 8국사를 배출한 천년고찰 백련사가 이곳에 자리하고 있어 뜻하지 않게 찾은 성지 순례 같구나, 바로 아래 사이 길은 다산 초당과 이어지는 오솔길이다.

다산 정약용선생이 이 오솔길을 오가며 혜장선사와 자주 만나 학문과 경세를 놓고 많은 논의를 나누던 유학과 불교가 만나는 길이기도 하며 다산을 일으켜 세운 보은의 길이기도 하다. 다산은 선사의 배려에 감사하며 그곳을 보은산방이라 부르고, 백련사 주변에 널려있는 야생 차밭은 정약용선생의 호인 다산이 되어 오래도록 후광을 자아내고 있는 것이다.

다산은 이곳 강진에서 무려 18년 동안을 유배생활을 하였으나 차라리 귀양 오기를 잘했다 할 만큼 강진은 다산의 몸과 마음을 일으켜 세워준 극세척도의 길지였던 것이다. 대학자가 저술활동에 집착하는 계기가 되어 실로 방대한 주옥같은 많은 문집을 남기게 되었으며, 당대최고의 학당을 이곳에 창설하여 탁월한 후계를 양성하게 되었으니 말이다. 대표적인 저서로는 목민심서를 들 수 있으나 어찌 그뿐이겠는가. 저서가 무려 500여 편에 달한다. 마과회통이란 저술은 의학서적으로 홍역에 관한 치료방법을 제시한 것이다, 다산 사경첩은 다산초당의 사경을 시로서 묘사한 것이다.

다산이 처음 유배되어 지나게 된 사의제를 찾는다. 참으로 당산나무 사이로 펼쳐진 소담하고 유수한 그림같은 옛 마을 풍경이 고적이 남아 나그네 마음을 사로잡는다. 다산은 이곳 마을 주막 뒷방에서 몸을 의지하고 무료하게 지내다 "어찌 헛되이 사려하는가, 제자라도 가르쳐야 하지 않겠는가" 하는 주모 말에 크게 고무되어 그곳에서 스스로 마음을 추스르고 주막을 학당삼아 자신이 만든 어학편을 주교재로 제자를 가르치며 재기창조의 공간을 만들었으니 이곳을 후에 사의제(事宜齊)라 부른 것이다. 사의제란 "말은 마땅히 과묵해야하고 말을 그르치면 바로잡고, 행동은 마땅히 중후하게 하며 그르쳤으면 바로 고치고, 생각은 마땅히 맑게 하고 그렇지 못 한 것은 바로하고, 용모는 마땅히 엄숙하게 하되 그렇지 못하면 바로 고쳐 엄숙 단정케 해야 한다"라는 뜻이다. 시내에서 일박하며 바로 이웃에 위치한 영랑선생의 생가를 돌아본다.

영랑은 부유했던 호남 대지주의 명문 자재였던가 보다. 대지주답게 문간채, 안채와 사랑채 그리고 별채가 아담하게 자리한가 하면 마당도 넓고 샘도 깊다. 일제 밑에 어려운 시절에도 남도 끝에서 서울로 유학하여 희문의숙에 다닌걸 봐도 그렇다. 유학 중 중학 3학년 때 3·1운동이 일어나자 앞장서 만세를 불렀으며 왜경의 검색을 피해 고향으로 내려와 강진 장날에 만세운동을 주도하다, 왜경에 체포되어 대구 형무소에서 6개월을 복역 하며 외로운 선지자의 길을 걸어왔던 것이다.

영랑은 우리나라 순수시 서정시의 대표적 시인이다. 1930년에 박용철, 정지용, 정인보 등 시인과 같이 시문학을 창건하고 "모란이 피기까지는 동백 잎에 빛나는 마을" 등 순수 서정시를 발표한 것이 지금까지도 회자되고 있는 것이다.

아침 일찍 정남진 장흥으로 향한다. 남도 특유의 따뜻하고 습기 많은 해양성 기후 때문일까, 일본 후쿠오카 지방 삼나무같이 이국적이게도 삼나무 편백나무 숲 우거진 울창한 우드랜드가 있고, 음이온 폭포, 사색의 숲 등 친환경시설이 줄을 잇는다. 유치면 보림사 일대는 소나무 숲과 비자나무 숲이 우거지고 편백나무 참나무로 우거진 유치 자연휴양림이 울창하다. 한나절을 돌아나니 보성다원이 온산을 덮고 있다. 그야말로 녹야원이다. 어찌 다 이 장관을 짧은 글로 표현하랴, 아름다운 강산 찬연한 문화를 섭렵하기엔 너무나 촉박한 일정을 아쉬워하며 후일을 기약해 보리라.

일표이서(一表二書)

세월이 흘러 갈수록 더욱 빛나는 초당이 있습니다. 만인들이 지나야할 길의 뿌리가 되어 심금을 울리고 있는 초당이 있습니다. 내 여린 시절 가슴으로 귀 담아 들으며 익히던 서편을 모아 추슬러 봅니다. '호연의 기상을 길러라 내 자신 떳떳하면 누가 뭐라고 해도 굽히지 말고 앞으로 나가라' 하고 긴 눈썹 하얀 수염을 길게 늘이고 애써 후학의 호연지기를 일깨우시던 어른이 계십니다.

다산은 (1762~1836) 남인계열의 사람이었습니다. 남인의 영

수 고산 윤선도는 그의 6대 외조부이고 공제 윤두수 는 외증조부가 됩니다. 그러니까 운명의 여신은 그를 외성 가까이 불러들여 그곳에서 빛나는 성업을 완수하도록 한 것이 되었습니다.

다산은 문과에 급제하여 벼슬길에 오릅니다. 경기 암행어사 동부승지 예문관 병조참의 등 중앙요직을 두루 겸임하고 정조의 총애를 받았으나 정조 사후 그의 학설이 성리학 체계의 도전으로 인식되어 비난을 받게 되고 서학에 관심을 가졌다 하여 유배를 당하게 되었습니다.

다산의 대부분의 저서는 유배지 강진에서 쓴 것 입니다. 다산의 저술은 무려 500여 편에 이르렀습니다. 그의 행적은 서남해를 돌아보며 라는 기행문에 개시한바 있어 여기서는 일표 이서를 중심으로 한 그의 주의 사상을 살펴보려 합니다.

목민심서(牧民心書, 1818)에는 목민관들의 기본자세부터 타이릅니다. 목민관들은 통치자의 잘못된 생각을 뜯어고치는 일부터 시작해야 한다고 하였습니다. 상관이 부정비리 하면 고발하라 합니다. 상관의 명령이 법에 위배되고 민생에 해를 끼친다면 그런 명령에는 따르지 말라고 주장합니다. 통치자나 목민관이 백성을 괴롭히는 경우에도 백성들이 항의 하지 않기 때문에 좋은 정치가 되지 않은 다고 국민저항권을 주장하였습니다.

이 무렵 프랑스에서는 '루소'가 문명이 자연적인 인간생활의 불평등을 조성하고 사회악을 만든다고 자연으로 돌아가라고 하고 사회계약론을 주장 하였습니다. 그 결과 프랑스 혁명의 불길이 당겨졌고 독일의 칸트는(1724~1804)모든 인간은 도덕적으로 동등하게 고려 되어야하고 인격을 가진 존재로 존중되어야 한다는 자유민주주의 사상을 주창 하였습니다. 그리하여 세계가 큰 파문을 일으키고 있었던 때입니다.

대게 서양 문학은 사상으로 이어지고 사상은 사회전반에 걸친 진화로 이어 지고 성숙한 사회의 기저에 사상과 문학이 바탕 되어 왔는데 안타깝게도 우리의 문학과 사상은 그러하지 못하고 오히려 시기와 탄압으로 전도된 것은 가슴 아픈 일이 아닐 수 없으며 조선의 퇴화 몰락으로 이어지는 결과를 초해하지 않았는가 하는 생각을 갖게 합니다.

그의 가치관 사상이 흠흠신서(欽欽新書, 1819)에 잘 나타나 있습니다. 법이란 백성들의 희망을 좇아서 만들어져야 하는 것이며 통치자의 자의적인 목적과 이익을 위해 만들어서는 안 된다고 하고, 자의적 법외적 재판과 형벌부과를 법률에 근거해야한다는 근대 죄형법정주의(罪刑法定主義)사상을 피력하고 전제정치의 불합리를 지적 하였습니다. 그리고 통치권의 근원을 백성들에게서 구하고 백성들의 생활의 필요와 자발적 추대에 의해서만 통치권이 발생한다고 함으로서 루소의 사회계약설을 무색케 한 민주주의 기본원리와 인권 보장적 권리장전을 주장하신 것이 아니었나 싶습니다.

이보다 앞서 피력한 경세유포(1817)에는 조선의 현실에 맞추어 중앙의 전제(田制) 관제(官制) 세제(稅制)를 개혁함으로서 국가사외가 발전하고 유지될 수 있다고 정치 경제 사회를 개혁하고 부국강병을 실현할 것을 논리적 실증적으로 서술하고 있습니다. 민생문재 해결의 기본열쇠는 토지재도의 개혁에 있다고 보고 농민 몰락을 조장하는 지주제를 폐지하고 농사 짓는 사람만이 토지를 소유하고 사유를 인정치 않았습니다.

토지 경작 생산권을 공동으로 하고 수확물을 노동량에 따라 분배해야 한다는 사회주의적 농민이상주의 정책을 피력 하였던 것입니다.

유학이 관념 명분이론에 치우쳤다면 실학은 사회를 민본(民本)적 관점에서 백성의 경제적 안정이 국부의 기초가 된다는 생각으로 현실개혁을 실천하여 백성의 삶을 향상 시키고자 상업 활동을 윤리적으로 정당화 하는 등 사회개혁을 실천하려 했으며 국권의 확립과 민생구제의 이상을 실현코자 한 것입니다.

그는 천문 지리 물리 의학 공학뿐만 아니라 의학 문학에 이르기까지 미치지 않은 곳이 없습니다. 실생활에 활용하는 농기계 도량형을 개발하고 수원성의 축조에 기중기 활차 등을 창안 하는 등 발명가적 면모도 보였습니다. 천재일우의 귀한 기회 이련만 이런 빼어난 선각자의 주의 사상이 시기 모략 되어 꽃을 피우지 못하고 사장 된 것은 참으로 큰 안타까움이 아닐 수 없습니다.

실학사상을 집대성한 정약용은 시서화(詩書畵)에도 능해 한시를 무려 2,500수를 남겼습니다. 시 한 수를 옮겨 봅니다. 조용한 저 운림은 / 푸르고 깊숙하네 /여기서 놀고 쉬며/ 나의 마음을 즐기노라. 이같이 아름다운 경치를 사랑하고 즐기며 시 짓는 것으로 그의 심정을 달랬으리라 생각됩니다. 그는 느낌이 떠오르는 데로 표현해야만 진실을 얻을 수 있다고 토속적인 방언과 일상어도 구사하며 당시의 현실을 사실적으로 시제 속에 담았으며. 여운을 남기는 시가 좋은 시라고 했습니다. 편지로 적은 시와 글과 인간성을 헤아려 봅니다(1810). 부인 홍씨가 멀리 오래 그리운 임을 사모하다 병들어 시집올 때 입었던 낡은 치마 하피(霞帔)를 귀양지에 보내 왔습니다. 이를 받아들고 설움에 겨운 나머지 사랑하는 마음을 기리기 위해 치마로 서첩을 만들고 두 아들과 딸에게 시와 글과 그림 을 적어 보냈습니다.

서첩에 적은 편지 글을 봅니다. 화와 복의 이치는 옛사람도 의심한지 오래 되었다. 충신과 효자가 반드시 화를 면하는 것도 아니고 악하고 방종한자가 반드시 박복한 것도 아니다. 그래도 선을 행하는 것이 복을 받는 길이므로 군자는 힘써 선을 행할 뿐이다. 진심으로 바라 건데 너희들은 항상 마음을 화평하게하여 벼슬길에 있는 사람들과 다르게 생활하지 마라. 자손 대에 이르러 과거에 응할 수도 있고 나라를 경륜하고 세상을 구제할 수도 있는 것이다. 천리는 돌고 도는 것이니 한번 넘어졌다고 다시 일어나지 못하는 것은 아니다.

두 글자 부적을 줄 것이니 너희들은 소홀히 여기지 마라. 하나는 근(勤) 부지런함이요, 다른 하나는 검(儉) 검소함이다. 근검(勤儉) 두 글자는 전답보다 좋은 것이니 평생 쓰고도 남는 것이다. 하였습니다(9월 다산의 동암에서 쓰다).

다산의 변례창신(變例創新) 사숙론이 생각납니다. 낡고 헐은 퇴계집을 얻어 거기 실린 퇴계 편지를 한편씩 아껴 읽고 자신의 단상을 하나하나 적어 나간 것입니다. 퇴계선생의 편지글이 자성록이 되고 그 편지를 읽고 다산의 단상을 적은 것이 사숙론이 되고 다산의 편지가 하피첩이 되어 후대의 귀한 문헌이 되었습니다.

다산의 가르침을 작은 화로에 불을 지펴 차를 다렸습니다. 진한 향내가 배어나도록 정성으로 다렸습니다. 투박한 잔에

조금 따랐습니다. 마음 편히 즐겁게 드시고 미소를 남기시기
바랍니다.

 신한촌

　민족 최고 가치는 자주(自主)와 독립(獨立)이다. 이를 수호(守
護)하기 위한 투쟁(鬪爭)은 민족적(民族的) 성전(聖戰)이며 청사
(靑史)에 빛난다. 신한촌은 그 성전의 요람으로 선열들의 얼과
넋이 깃들고 한민족의 피와 땀이 어려 있는 곳이다. 1910
년 일본에 의하여 국권이 침탈당하자 국내외 애국지사들은
러시아 령 연해주 신한촌에 집결하여 국권의 회복을 위해 필
사의 결의를 다졌다.
　최재형은 함경북도 경원의 지주 큰 머슴의 셋째로 태어난
천한 노예 신분의 사람이다. 1869년 함경도 일대에 큰 홍수
가 나고 굶주림에 어찌할 수 없을 때 두만강을 넘어 가면 비
옥한 땅이 있다는 소식을 듣고 많은 사람들이 국경을 넘어 러
시아 연해주로 이주해 와서 살게 되었다.
　연해주 한인들은 자녀들을 러시아 학교에 보내지 않았으나
국내에서 노비의 자식으로 천대받든 최재형은 일부러 러시아
학교를 다녔다. 가난했던 최재형은 한 겨울에도 양발은커녕
신발도 제대로 신지 못하고 4년동안 학교에 다녔다한다. 그
것도 밥만 축낸다는 형수의 구박에 못 이겨 12살 때 가출해야

하는 신세가 되었다.

전화위복(轉禍爲福)이란 이를 두고 한 말인가, 그가 포시에트 항구 부두를 떠돌고 있을 때 그곳을 지나던 러시아 선장에게 발견되어 선장은 그를 거두어 친아들처럼 키운다. 인텔리였던 선장 아내는 최재형에게 러시아와 유럽문화를 가르쳤고. 영특한 그는 중국어도 익혔다.

성장하면서 선장을 따라 아시아와 유럽 아프리카 등지를 다니며 견문을 쌓았고 그의 성실과 근면 착한 언어능력은 그를 크게 출세케 한다. 지역사회 신임을 바탕으로 도로건설 통역과 도현이 되고 마침내 상사를 설립 러일전쟁 전후 전쟁 물자를 비롯 무기와 식량 의류에 이르기까지 군납을 하게 되어 연해주 최고의 갑부로 성장한다.

반상이 따로 있는가, 차이가 있다면 배우고 못 배운 차이, 헐벗고 굶주린 차이가 있을 뿐이다. 될성부른 나무는 떡잎부터 다르다 하지 않았던가, 나라가 위급할 때 먼저 나선 이가 누구였든가. 사색당파 노론 소론 반상을 따지다가 나라꼴을 우습게 만들어 버리지 않았던가, 그의 인물됨은 중후하고 대범했다. 눈물은 성장의 자양분이 되어 그 뿌리부터 달리 내리고 싱싱한 푸른빛을 뿜는다. 사람은 그렇게 어려운 환경에서 성장해야 사회를 바라보고 역사를 보는 눈이 생기고 부모에 대한 감사함과 이웃에 대한 사랑과 모국에 대한 애틋한 정도 생겨는 것이다.

그는 러일전쟁에서 일본이 승리한데 큰 충격을 받고 더구나 을사보호조약으로 한국이 일본의 보호국이 된데 분개해 마지않았다. 조국의 운명을 감지한 그는 드디어 이범윤 안중근과 함께 연해주 의병들과 러시아 지역에서 활동하고 있던 국권 회복운동 세력을 총망라해 1908년 동의회를 조직하고 총장으로 추대됐고, 또한 1911년 이상설 이동휘 홍범도의 지도자들과 권업회를 조직 회장이 되어 한 민족의 권익옹호와 자주독립의 기반확보에 총력을 기울이게 되었다.

안중근 의사가 이등박문을 사살할 때 사용한 브라우링 권총을 구해준 것도. 지기 집에 투숙시키며 사격연습을 시킨 것도, 더 나아가 독립군들이 봉오동 전투와 청산리 전투에 사용한 체코 소련제 무기 구비도 최재형의 도움에서 비롯된 것이다.

안중근은 황해도 해주 출신이다. 최재형과는 달리 해주 지주의 큰 아들로 태어났다. 아버지에게서 한학과 유교경전등을 배우고 역사를 익혔으며 글과 서법을 익히면서도 활쏘기와 말 타기를 하며 호연지기를 길러왔다. 을사늑약으로 국권을 상실하게 되자 강원도에서 의병을 일으키고 북간도를 거쳐 연해주에 오게 되었다.

손가락을 잘라 단지회(斷指會)를 결성 한 안중근이 자주독립 투쟁대열에 절치부심(切齒腐心)하고 있을 때, 이토가 북만주 시찰을 명목으로 러시아 대장대신과 회견하기 위해서 할빈에 온다는 정보를 입수하기에 이르렀으며 적의 괴수를 잡을 기회는 이때다 하고 만주로 건너가 풍천노숙 하다가 10월 26일 열차에서 회담을 마치고 러시아 의장대를 사열하고 환영 인파 쪽으로 걸어오는 침략의 원흉 이등을 향하여 일발필도의 불을 토하게 된 것이다.

자주 독립은 얼마나 큰 희생을 치러야 이루어지는 것인가, 스스로의 힘을 기르지 않고는 어려운 것이다. 누구는 일신의 영달을 꾀하며 편안히 살고 싶지 않았으랴. 나라의 위급함을 보고 비굴히 살기 보다는 차라리 한 몸을 바쳐서라도 자주독립의 초석이 되기를 바랐으리라.

자기희생이 따른 행위의 바탕에는 스스로를 헌신 하며 국가와 민족을 위하는 뜨거운 정신이 앞장서고 있는 것이다. 이것이야말로 우리 삶에서 가장 소중한 가치척도이며 인간의 영혼이 안주할 수 있는 터전일 것이다.

신한촌 에는 만고에 빛나는 혁혁한 업적과 지울 수 없는 암울한 역사가 숨어 있다. 처음으로 임시 정부가 수립되고 독립투쟁을 논의한 대한국민의회가 설치되고. 독립운동가와 의병들이 모여 조선독립군이 창설되고 한민학교가 세워졌다.

해조신문과 대동공보를 발행하고 자주독립 전진 기지로서 역할을 다해 왔으나 뜻하지 않게 1937년 소비에트 인민위원회의 이주명령에 의해 강제 이주가 집행되어 나라 없는 백성의 설움을 안고 한족은 황무지 중앙아시아로 쫓겨나야만 했던 것이다.

안중근은 많은 유묵(遺墨)과 유훈(遺勳)을 남겼다. 일일부독서구중생형극(一日不讀書口中生荊棘) 하루라도 책을 읽지 않으면 입안에 가시가 돋친다. 견리사의 견위수명(見利思義 見危受命) 이익을 보면 정의를 생각하고 위태로움을 보거든 목숨을 바쳐라. 백인당중유태화(百忍堂中有泰和) 백번 참는 집안에 태평과 화목이 있다는 참으로 우리생활에 귀감이 되는 좋은 어록을 남겼다. 정의로운 인품만큼이나 필재도 빼어나고 간결하다. 그의 단지된 손 낙관이 가슴을 뭉클케 한다.

두루마리 족자 한 점

　나에게는 시간이 지날수록 보람과 매력으로 느껴지는 빛바
랜 족자 한 점과 화첩 한 권이 있습니다. 서재 책상머리 우편
에 걸어놓은 족자는 청파 선생이 친히 써주신 한서의 좌우명
고. 좌편에 걸어놓은 족자는 작자 불상의 고고한 매화 한 점
입니다.

　매화나무는 우리네 아픈 역사같이 천년 아치고절(雅致高節)
하고 살아오느라 몸통은 비어 등걸만 남아 있어도, 정기는 더
운 피가 되어 북풍한설을 이겨내고, 묵은 가지마다 꽃을 피워
올리며, 빛과 향기로 가득 채우고 있습니다. 고고히 홀로 서
있어도 세상 어느 생명보다 먼저 잠깨어 일어나 언 땅에 새봄
이 돌아옴을 알리고 있습니다. 어느 꽃보다 우아한 풍치와 고
상한 절개로 향기로운 꽃을 피우고 있습니다. 누가 다 삭은
밑동 고목에서 나온 꽃이라 가벼이 바라볼 수 있겠습니까.

　오른편 족자의 글은 평등(平等)이라고 족자 길이만큼 길게
내려쓰고 그 옆으로 성중무피차(性中無彼此) 대원경상절친소
(大圓鏡上絶親疎)라 써져 있습니다. 서예가이며 독립운동 하시
던 청파선생의 친필입니다. 일제 식민지하에 자유평등이 얼
마나 간절했습니까. 국가적으로는 말할 것도 없고 개인과 단
체 간에도 너무나 짓밟히고 살아 부르짖지도 못한 간절함 아
니었습니까. 그리고 성중무피차는 남성이나 여성이나 성에는
차별이 없다는 남녀평등 사상의 고취일 뿐만 아니라 만백성
은 누구나 차등 없이 살아야함을 갈파하고 있습니다.

당시의 사회가 남존여비뿐만 아니라 사농공상으로 양반상인 구별하고 기회마저 고루 주어지지 않던 미개한 시대 아니었습니까. 대원경상 절친소는 크고 둥근 거울로 보면 눈을 크게 뜨고 가슴을 열고 세상을 보면, 친하고 소원한 것이 따로 없다는 것입니다. 우리 민족은 한 뿌리의 형제이며, 꿈과 사랑을 잃지 말고 가난한 이웃 신음하는 민족의 아픔을 내 아픔으로 여기며, 힘을 합하여 같이 살아야 한다는 시요 타이르는 좌우명인 것입니다. 그는 황무지에서 빼앗긴 나라를 다시 찾자고 자유평등 사상을 일깨우고 백척간두(百尺竿頭)에선 목마른 독립군에게 수혈해온 독립 꾼이요 실의에 빠진 백성에게 꿈과 희망을 안긴 이 땅의 참된 일꾼 이였던 것 입니다.

선친의 호는 구산(龜山), 한의학을 공부하시고 나주에 적송당(赤松堂)이라는 약방을 차리시고 많은 유림들과 교우하시며 향교에 나가셨습니다. 약방에는 사랑방같이 늘 길손들이 끊일 때가 없었습니다. 그때 멀리서 찾아오신 분이 청파선생이었습니다. 일제하에서 독립자금을 마련코자 전국각지를 다니며 모금하실 때 이곳을 들러 선친을 만나신 것이었습니다. 얼마를 자금으로 보태시었는지 그리고 몇 날을 묶으시다 가시었는지는 모르나 귀하디귀한 주옥같은 글귀 한 점을 남겨 주시었습니다. 너무도 오래되어서 종이는 황금색을 띠고 있으나 글자만은 날이 갈수록 뚜렷하게 자긍심으로 빛나고 있습니다.

수유리 살면서 화산방(華山方)이라는 이름으로 가게를 하시던 서예도 능하시고 박학다식하신 운남 선생과 가까이 지내는 기회가 있었습니다. 대학자 같은 풍모에 아는 것도 많고

곧잘 역사나 전설적인 이야기도 구수하게 잘하셔서 서울대학교 사회학과 이 교수님이랑(문민정부 시절 케이비에스 이사장을 지냄) 연세대 민법학자인 김 선생님(고시위원을 하신)과 화산방에서 자주 만나 많은 가르침을 얻고 칼국수집에 가서 긴 이야기도 나눴습니다만 이제는 그 어른들 다 돌아가시고 그들의 지혜로운 형안과 설파가 빛나고 있습니다. 운남 선생은(판화가 이철수의 아버지) 고서화에도 조회가 깊으신지라 물어보았습니다. 그 어른께서 청파 이 사람이 김형윤이고 서예가이고 독립운동을 하던 사람이라는 것을 일러 주었습니다.

텔레비전 '진품명품'에 김구선생의 친필 일심(一心)이란 두 글자를 감정 평가하는 것을 보았습니다. 떨리는 흘림체로 선생께서 동료 독립지사를 격려하면서 일편단심을 나눈 글씨였습니다. 어찌 돈으로 그 가치를 환산할 수 있겠습니까마는 억대의 평가를 하는 것을 보고 어리석게도 이 작품도 김구 선생의 친필에는 미치지 못하지만 서예가 독립투사의 뛰어난 글이라 높이 평가되겠구나하는 생각을 하였습니다.

선생의 이력을 더 소상이 알고 싶어 이곳저곳 찾아보아도 아무데서도 나오지 않습니다. 다만 관동팔경의 하나인 강원도 고성 청간정(淸澗亭)에 청파선생이 현판을 쓴 글자가 그것도 복사본으로 남아 있다는 것을 볼 수 있을 뿐입니다. 어디 나가서 보이면 무엇하겠습니까. 제 자신 마음으로 깊이 새기고 그 높은 뜻을 본받으면 되는 것 아닙니까.

이 작품 말고 아버님이 소장하고 계시던 화첩 한 권을 가지고 있습니다. 형님께서는 한학을 공부하시고 새로운 필법을 익혀 한국서가에서 평생을 보내신 분이라 한시 의서를 갖고 저는 고서화 사군자 책을 가지게 되었습니다. 간송 미술관에 소장된 화첩같이 선현들의 고아하고 정교함이 담겨있어 제가 표본으로 삼고 공부하고 있습니다만 아무래도 그 필법을 따르지 못하고 흉내만 내고 있습니다. 언제라도 세상에 내놓을 기회가 될는지 모르겠습니다.

누가 그랬습니까. 인생은 짧고 예술은 길다고. 글자 한 자 그림 한 획에도 아픔이 묻어나고 인생이 묻어나고 철학이 흐르고 역사가 흐릅니다. 이것을 오늘을 사는 우리의 뿌리로 삼아 아름다운 문화 꽃을 피우고 향기를 내뿜었으면 하는 마음입니다. 인주도 갖기 어려운 때 여선지 그의 납관마저 먹과 인주가 섞인 흔적만 남아 있습니다. 고매한 매화 그리고 귀중한 두 글 줄기, 지금도 변함없이 동편 하늘에 샛별같이 반짝이며 내 서재 외로운 공간을 환히 비쳐주고 있습니다.

# 알프스

서유럽(영국)

강은 생활의 어머니요, 산은 번영의 아버지다. 산이 있는 곳에 물이 있고, 물이 있는 곳에 산이 있다. 산과 물이 잘 어울려야 경치다운 경치가 되고, 사람 사는 보금자리가 된다. 산 좋고 물 좋은 곳에서 인류 역사는 시작되었고, 문명은 계승발전 되었다. 인류문명은 이렇게 강 연안에서 꽃피워졌다.

나일강변의 이집트 문명, 티그리스 유프라테스 강 유역의 메소포타미아 문명과 같이 로마, 유럽의 문명도 물이 풍부한 지역을 토대로 모여 살게 되고, 점차 도시화하여 문자, 그림, 학문, 예술이 발달하게 되었다. 나는 세계의 지붕이라 일컫는 알프스산맥을 넘어, 산 좋고 물 좋은 서구 유럽의 문물을 탐미코자 노구를 끌고 먼 길을 나선 것이다.

서반부를 향한 비행기는 인천공항을 떠나 북진 한다. 태평양을 건너 서진할 줄 알았더니 북서진하여 요동 울탄바르크 러시아 령을 지나 런던 하이델 공항을 향한다. 11시간이란 비행시간은 짧은 시간이 아니다. 점심을 기내식으로 하고 지루함을 달래며 항적을 주시하는데, 5시간 반의 비행시간이 알려진다.

즐거운 마음에 이제 반 왔다 하고 혼자말로 중얼거리자, 옆에 앉았던 중년 부인이 '한데스가' 하고 따라 반긴다. 나는 이분이 일본인인가하는 생각이 들어 정중히 일본사람이냐고 말을 건넸다. '하이'하고 그렇다 한다. 왜 일본에서 비행기를 타지 않고 한국에서 아시아나를 이용하느냐고 물었더니 볼일이 있어 한국에 왔다가 런던에 가는 길이라고 한다. 서툴지만 일본어로 대화가 되니 장거리여행이 한결 부드럽고 수월하다. 더구나 미모의 중년부인이 상냥하게 대꾸해주니 시간이 언제 지났나 싶게 어느새 저녁 식사가 나오고, 런던에 가까이 와 있다.

해가 지지 않는 나라, 젠틀한 신사들이 많은 나라 영국. 템스강은 영국 남부 6개주를 흐르며 강기슭에 기상천외의 제국을 이루어 놓았다. 템스강은 런던과 서쪽 옥스퍼드의 주요 식수원으로, 오랫동안 은유시인들의 찬사를 받아왔으며, 이 긴 수로는 상업용으로 크게 이용, 영국의 발전에 기여하여왔다. 19세기 이후 심한 오염으로 그 푸른빛을 잃었으나 개선에 개선을 거듭하여 강 연안을 넓히며 지금은 영국의 명소가 되어 있다. 예전에는 폭 50미터 정도로 거룻배로 짧은 구간을 돌아볼 수밖에 없었으나 수로가 크게 개선되어 유람선으로 상, 하류를 시원히 내달으며, 영국 도심의 명소를 빠짐없이 들여다볼 수 있게 되었다.

영국은 로마 시저에 의해 정복되어 400년간 속주로 있었다 한다. 누가 이렇게 오늘의 대영제국을 만들었는가. 전통적인 왕조의 계승자 빅토리아 여왕인가, 아니면 현대과학의 토대를 세운 만유인력을 발명한 뉴턴인가, 아니 아담 스미스 같은 철학자인가, 누란의 위기에서 나라를 구한 윈스턴 처칠 같은 정치가인가, 아니면 어려움에도 굴하지 않고 꿋꿋이 일하며 부단히 노력해 산업혁명을 이룬 노동자들인가. 그들은 스코

틀랜드, 아일랜드, 잉글랜드로 나눠진 작은 섬나라다. 국토나 인구 우리나라와 아주 비슷할 뿐이다.

허나 일찍이 1215년 시민의 자유와 권리를 인정한 마그나 칼타 대헌장을 선포 하였고, 18세기 산업혁명으로 방적기술을 혁신하는가 하면, 증기기관을 발명하고, 모터로 구동되는 각종 기계들이 노동을 대신하게 되고, 방적기술, 증기기관, 제철술이라는 3대 혁명으로 대표되는 산업혁명을 달성하여, 근대인류사회가 진보하는 역사적 계기를 마련하였다. 산업혁명은 경제구조의 혁신뿐만 아니라, 봉건체제가 종식되고 부르주아의 계급이 부상하고, 현대 민주주의와 자본주의를 탄생시켰다. 이렇게 발전을 거듭한 영국은 그 막강한 국력을 바탕으로 세계를 점차 지배하기에 이르러, 세계 육지의 4분의1, 인구의 5분의 1을 속령으로 삼는, 대영제국으로 발돋움하게 된 것이다.

19세기 이후부터 지금까지도 그 영향력을 행사하고 있다. 20세기 중반 들어 대부분의 식민지들이 독립은 하였지만, 우리가 배우는 영어, 의회민주주의, 과학, 스포츠, 자본주의, 군사력의 주인공이다. 그리니치 천문대가 이곳을 기점으로 원점으로 한 것도 대영제국의 영향에서 비롯된 것이다. 1박2일 일정으로 런던의 요소들을 탐방하기란 너무 짧지만, 템스강가에 자리 잡은 마치 권위를 자랑하는 듯 서있는 타워브리지, 공공건물이 강 연안 좌우에 운집하고, 워키토키 등 명소가 펼쳐져 있어, 유람선으로 편이하게 관광 할 수 있다. 다행히 날씨가 쾌청하고 해가 길어 부족함이 없다.

국회의사당이다. 당초에는 웨스트민스트궁이었다. 이 궁전

안에서 최초의 잉글랜드 의회를 연 후 의사당의 전신인 추밀원을 설치했고, 영국의 국회의사당이 된 것이다. 상하원의 의회와 재판소로 이용되고 있다. 그 북쪽 끝 시계탑은 세계에서 가장 큰 시계가 걸려 있고, 그 안에 달린 종이 매시간을 알려준다. 런던아이가 런던 브리지 위에 둥그렇게 원을 그리며 런던의 대표적인 상징물로 자리 잡고 있다. 전 세계의 금융가가 여기에 모여 있고 그 중 세수가 재정의 반이나 채워진다고 한다.

여왕의 거처인 버킹엄 궁전을 돌아보고, 세계 3대 박물관의 하나인 영국박물관을 돌아본다. 이집트 관으로부터 시작, 파르테논 신전, 전 세계 역사문화를 망라한 유물, 예술작품들이 대략 800만 점을 보유전시하고 있다. 이것이 세계 각국 각처로부터 수집되어 온 것이다. 마치 국력을 자랑하는 것만 같다는 생각이 든다.

영 · 불은 가장 가까운 도버해협을 해저 터널을 놓고, 물류를 원활하게 하였으며, 양국 발전의 계기로 삼고 있다. 도버해협을 해저터널로 건넌다. 런던 유로스타역에서 바다 밑을 통하여 파리로 직접 통하는 것이다. 얼마나 신기하고 원활한가. 국경 같은 경계도 없이 이웃집 드나들 듯이 하는 것이다. 우리는 바다로 경계하지 않은 가까운 육로의 국토도 통하지 못하는데, 그리하여 발전의 한계로 남아 있는데, 이렇게 손쉽게 오갈 수 있다니, 우리는 언제 그런 날을 맞이할 수 있을 것인가.

서유럽(프랑스)

파리다. '파리의 하늘 아래 센강은 흐르고, 태양은 눈부시게 강을 비춘다, 파리의 하늘아래 연인들이 걸어가네, 그들은 노래 위에 행복을 짓네, 지나가는 연인들은 달콤한 대화를 나누고, 살뜰한 바람은 사람들에게 행복을 가져다준다. 파리의 하늘아래 음악이 흐르네, 노년의 가슴 속에도 오늘 노래 한 곡이 태어났네, 파리의 하늘아래 연인들이 걸어가네, 그들은 노래 위에 행복을 짓네. 파리의 하늘 아래 센강은 흐른다'는 곡조가 아련히 떠오른다. 그리고 젊은 날 상제리 거리를 아내와 같이 거닐던 생각이 바람처럼 스치고 지나간다.

수세기 동안 프랑스의 수도였고, 서부유럽의 핵심지라 할 수 있는 시가를 센강이 흐른다. 프랑스에서는 샹송을 부르는 이들을 시의 노래를 짓는 음유시인이라 부르기도 한다. 이 강의 중심 일드 프랑스지방은 프랑스 왕국의 요람이며, 국세확장의 거점구실을 해왔다. 그래서 센강은 프랑스 역사뿐만 아니라 유럽의 역사가 담겨 흐르는 강이다.

몽태스규의 계몽사상의 영향을 받아선가, 루소의 문명에 대한 비판과 인권론의 혁명사상에 기초 되어선가, 시민들은 루이 14~16세의 절대왕정의 횡포에 저항, 봉기하기 시작했고, 바스티유 감옥을 부수고 국민의회를 만들고 공화정을 선포하기에 이르렀다. 파리에서 일기 시작한 혁명의 불길은 순식간에 전국으로 확산, 봉건유럽사회에 자유평등, 박애사상이 충일케 하지 않았던가.

센강은 템스강보다 규모는 작지만 더 맑고 푸르다. 강변에 중요시설물들이 조각품처럼 선진 도시의 면모를 자랑하며 중세전래의 아름다움을 뽐내고 있다. 영·불은 서로 각축하면서도 일찌기 산업·문화·예술을 공유하여 왔으며, 앞서거니 뒤서거니 하며 해외로 눈을 돌려 부를 축적하고 식민지를 확충해 나갔다.

난세에 혜성같이 나타난 나폴레옹은 왕당파를 진압한 공으로 원정군 사령관이 되고, 알프스 산을 넘어 이탈리아를 침략, 오스트리아군을 단숨에 무너트리고 라인강 입구에서 북이탈리아에 이르는 지역을 프랑스 영토로 만들지 않았던가. 이어서 지중해를 손에 넣고, 먼 바다로 진출하지 않았던가.

전승을 기념하기 위한 개선문, 프랑스 혁명 100주년을 기념 세계최초 박람회를 기념하기 위해 세운 에펠탑이 보란 듯 버티고 서있다. 애써 올라가보니 파리시가가 한 눈에 내려다 보이고, 저 멀리 몽마르트 언덕이 보이고, 센강이 유유히 흐른다. 나폴레옹 승전을 축하하기 위해 세웠다는 개선문, 로마의 원형 경기장 앞에 세운 개선문만큼이나 크고 웅장하다. 그보다 시가지가 이곳을 비롯해서 방사형으로 설계되어 도시계획을 세운 것이 이채롭기 그지없다. 저 아래로 뻗어있는 넓은 길은 세계에서 유명한 패션의 거리 샹젤리제다.

세계 박물관의 하나라는 루브르 박물관으로 발길을 옮긴다. 19세기 오리엔트 및 유럽미술의 모든 분야를 망라하고 있다. 등록된 작품만도 40만 점에 이른다 한다. 이집트 문명으로부터 헬레니즘 시대의 대표적 조각품 다빈치의 모나리자상, 미켈란젤로의 죽어가는 노예상, 알프스를 넘어 이탈리아 정복에 나선 나폴레옹의 기마상이 발길을 붙든다.

어느덧 해가 뉘엿뉘엿 센강에서 가장 아름다운 다리인 알렉상드르 3세교의 다리 위에 황혼 빛이 어리고, 에펠탑이 황금빛을 띠었다. 주변경관과 어울려 장관을 이루니 별천지가 아닐 수 없다. 파리는 아름답고 사람들은 멋과 낭만이 넘친다. 그들의 문학과 예술은 물결처럼 넘쳐나 유럽의 지적 예술적 생활의 활력소가 되어 왔다. 이런 감성적 장면을 대할 때는 목이 말라 온다. 이 고장 특유의 명주 한잔이 간절하다. 술을 마시는 것은 여행과 여가의 맛을 내는 의미도 있지만 그 술 속에는 그 나라 지방의 특유한 멋과 전통이 녹아있고, 명예를 건 열정과 자부심, 인생 삶의 향기가 담겨있어 그것을 음미하고 싶어지는 또 다른 의미가 있어서다.

영국에서는 템즈 강가에서 영국의 명품 스카치위스키에 피로를 풀었고, 프랑스에서는 프랑스와인 생산자들의 자부심이 담긴 그들이 가장 보편적으로 마신다는 터불 와인을 마시고 야경을 즐긴다. 여기 저기 탄성이 절로 난다. 생애 가장 값지고 보람된 순간이 아닐 수 없다. 어째서 와인의 원조 이탈리아 와인을 두고 프랑스 와인을 칠까, 명품은 아무렇게나 이루어지는 것이 아닌 것이다. 이들의 한 잔의 술은 온갖 정성과 명예가 뒤섞여진 삶의 깊은 맛이 울어져 나오는 까닭이다.

프랑스가 나은 위대한 대중적인 작가 빅토르 위고, 그의 저서 레미제라블은 우리가 아는 명작 중의 명작이다. 보들레르 랭보의 시는 아름답고, 거의 모든 프랑스문학은 운문으로 구두로 전해졌다하니 이들의 지적 생활수준을 부러워하지 않을 수 없다.

다음날 아침, 떨어지지 않은 발길을 스위스 로잔을 거쳐,

수도 베른으로 향한다. 아래 강물이 베른 시가지를 휘감고 흐른다. 유유히 흐르는 강물이나 한가로이 풀을 뜯는 소나 양떼를 보면 마음이 평화로워진다.

서유럽(스위스)

스위스는 약소국가로 서로는 프랑스, 북으로 독일, 남으로 이탈리아, 동으로 오스트리아와 접경을 이루며 많은 시달림을 받아온 나라다. 국토의 4분의 1이 알프스산맥의 능선에 걸쳐있고 고원과 계곡 호수로 세계적인 풍광을 자랑하는 곳이다. 이 지역을 대표하는 3인의 지도자들은 영구 동맹을 맺어, 유일하게 중립국으로 평화와 번영을 누리고 있다.

성곽으로 보호된 도시, 아래강가에 자리 잡은 시가지가, 세계문화유산으로 지정되어 있다. 15세기 풍의 아케이드, 16세기풍의 분수들을 담고, 중앙로를 따라 시계탑, 시청, 주 의회와 연방 의사당, 광장을 안고 아담히 자리한 시가를 돌아본다. 아인슈타인이 머물며, 상대성 원리를 완성한 곳이 이곳에 남아있다. 도시 철도가 안 닿는 곳이 없고, 전철, 버스가 수시로 내닫는다. 인구 팔백오십만, 서울시 인구보다 작아도 국민소득이 팔만 불, 정밀공업과 낙농업이 발달되었으나, 관광수입이 더 좋은 잘 나가는 부국이 된 곳이다.

아래 강가에 내려와 강물을 내려다본다. 이리 맑은 강물은 처음 보는 것 같다. 알프스에서 흘러내리는 물이다. 흐르는 물은 바위를 깎아 내리고 그 깊이와 넓이를 더해 간다. 물빛도 청옥색이 해맑게 흐르는 저 맑은 강에 작은 조각배를 띄우고 물결 따라 시원히 흘러가는 한 무리의 젊은이들이 있다. 손을 흔들어 준다. 내 마음도 따라 흘러간다. 작은 골자기를 지나 아래 강 끝까지.

스위스 중부의 우아한 도시 루체른 카펠교 목조다리 아래서 호수를 조망하다가 어찌나 좋은지 타오르는 목마름을 견딜 수 없어 한 컵의 맥주를 들이 마시며 루체른 호수를 감상한다. 호수 속에 알프스의 매력이 담겨있다. 멋모르게 지나온 내 인생 행로가 들여다보인다. 얼마나 아름다운 정경들인가. 젊은 남녀들은 손에 손을 마주잡고 희망에 부풀어 사랑을 속삭인다. 뿌듯이 차오르는 황홀한 정경에 몸 둘 바를 모른다.

아침 일찍 인터라켄 오스트역으로 도시락을 싸들고 가서, 열차를 타고 드디어 알프스 영봉인 만년설이 쌓인 융프라우를 오른다. 산악 열차를 몇 번씩 갈아타고, 높은 산을 끝없이 오른다. 구름안개는 초원을 덮고, 맑고 푸른 호수는 높고 푸른 알프스를 품었다. 산간 마을들은 그림같이 고요하고 소와 양떼들은 한가로이 풀을 뜯는다. 산봉우리가 하얀가하면 검푸르고 아득한 지평이다. 3,450킬로미터의 높디높은 산은 눈의 나라답게 새하얀 만년설로 뒤덮여 새하얀 동화속의 나라로 길손을 안내한다.

알프스 산맥은 유럽중심에 있는 산맥으로 동쪽의 오스트리아, 슬로베니아에서 시작하여 이탈리아, 스위스, 독일을 거쳐 서쪽의 프랑스까지 이른다. 가장 높은 봉이 프랑스와 이탈리아 국경에 있는 몽블랑으로 높이가 무려 4,810미터나 되며 그 장엄한 길이가 1,200킬로미터에 이르고 크고 작은 봉우리만 40여 킬로미터나 된다. 하늘과 가까이 닿아 있는 산 그 정상을 올랐을 때 헤아릴 수 없는 감동을 얻기에 힘겨워도 예까지 찾아온 것이 아닌가. 이 천혜의 비경에는 산림이 우거진 호수와 초원이 있는가 하면 고원에는 험준하게 깎아지른 절벽의 골짜기가 있다. 이 험준한 산맥을 넘어 나폴레옹은 스위스, 오스트리아, 이탈리아를 평정하고 러시아까지 발을 내밀었고 로마 시저는 프랑스, 영국에까지 점령을 했다.

드디어 융프라우 상봉에 이른다. 스핑크스 전망대에 올라 하늘아래 펼쳐지는 장엄함을 우러른다. 이 산맥은 세계에서 가장 장대하고 유수한 산맥으로 유네스코 세계 자연유산으로 지정되어 있다. 아! 알레취 빙하의 장관이 한눈에 펼쳐진다. 프랑스 보주 산맥과 독일의 흑림까지 보인다. 대자연의 위대함을 여기서 본다. 눈, 비, 바람이 세상에서 가장 아름다운 풍경을 자아내고 마음껏 보라는 듯 쾌청한 일기는 자연의 아름다움을 허락하고 있다. 이 산맥이 중부 유럽의 예술혼의 모태가 되고, 궁극에 목표설성의 지향점이 되었으리라. 허나 산하가 아무리 높고 아름답다 해도 그것은 반드시 혹독한 시련을 동반하는 것이다. 때로는 가혹하리만큼 춥고 무자비한 변화의 바람이 일고, 아름다움의 대상은 필연적으로 다툼의 대상이 되는 것이다. 더욱이 물산이 풍부하고 살기 좋은 곳이라면, 시저나 나폴레옹 같은 정복의 대상이 되는 운명을 피하기 어려운 것이다.

알프스 산맥을 넘어 전일 줄곧 이탈리아 로마로 향한다. 장시간 주행을 예방하기 위해 얼마간의 쉬는 시간을 이용해서 무명의 휴게소에서 커피 한 잔을 시켜 마시며 피로를 푼다.

손수 짜준 2유로짜리 커피 맛이 이렇게 상큼하게 피로를 풀
어줄 줄이야.

서유럽(이탈리아)

드디어 로마에 이르렀다. 서쪽으로 영국, 스페인, 독일 라
인강까지, 동으로 터키, 아라비아 반도까지 세력을 펼치고,
이집트 문명과 유럽문명의 교류, 유럽문화의 기초를 세우고,
가톨릭의 정신적 물질적 중심지인 로마의 본거지에 이른 것
이다. 숙소 앞 광장에서는 마치 우리 일행을 환영이라도 하는
듯 음악과 춤이 어두운 줄 모르고 어울려 밤 깊도록 무르익는
다. 이탈리아인들의 멋과 여유가 돋보인다. 대리석으로 잘 조
성된 호텔 별관이 조용하고 아름답다. 모처럼 이곳에서 며칠
을 편히 묵으면서 옛 로마의 면모를 새겨볼 참이다. 이탈리아
에서도 와인은 빼놓을 수 없는 자부심이 걸린 술이다. 프랑스
와 서로 원조임을 다툰다. 그들 또한 포도 제배 환경뿐만 아
니라 포도의 종류, 제조 방법 등 엄격한 선별을 받으면서 생
산된 것이기에 그 맛과 향기가 탁월한 것을 자랑으로 여긴다.
토스카나 테누타산 귀도를 마시니 붉은 과일향이 허브향과
함께 어우러지며 최고주의 맛으로 피로를 풀어주며 꿈속으로
나를 이끌어 간다.
　시저가 애인을 위해 조성했다는 카프리 섬 해양공원을 둘
러본다. 층애절벽의 산과 지중해의 잔잔한 바다와 잘 조성된
천혜의 공원이 한데 어우러져 나그네 발길을 한없이 붙든다.

아름다운 저 바다와 그리운 저 빛난 햇빛 내마음속에 잠시라도 떠날 때가 없도다의 돌아오라 소렌토의 가곡이 여기서 착상 되어 지지 않았는가 하는 생각이 스친다. 사랑하는 아내와 같이 손을 꼭 잡고 거닐고 싶은 마음이다. 세계 3대 미항의 하나라는 나폴리보다 카프리가 더 아름다운 것을 몰랐다. 유람선을 타고 카포리에서 나폴리로 향한다. 나폴리연안을 지나 소렌토를 지나 폼페이를 둘러보고 다시 휴식 차 숙소로 향한다.

다음날 아침이다. 로마의 상징인 콜로세움 원형경기장이 개선문 옆에 위대한 제국의 상징인양 둘러서있다. 지금은 기둥과 형체만 우뚝이 서있어도 옛 문화의 찬란함과 규모의 웅장함을 미루어 짐작할 수 있다. 이곳에서 검투사들이 용맹을 떨치고, 맹수와 인간의 목숨 건 싸움이 전개 되었으리라. 벤허에 나오는 전차경기장도 운동장이 한눈에 내려다보인다.

프르로마노 언덕에 오른다. 이곳은 고대 로마시대의 민주정치와 경제, 종교, 법률 중심지다. 원로원이 자리하고 수개의 신전과 개선문이 프르로마노 언덕아래 자리하고 있다. 비록 일부가 헐고 무너져 내렸어도, 지금도 천년 로마의 역사가 숨 쉬고 있는 것이다. 유구한 역사와 문화로 보면 천년이 언제였냐 싶게 순간에 지나지 않은 찰나이다. 로마가 하루아침에 이루어지지 않았듯, 천년의 문화꽃은 하루아침에 무너지지 않고, 향기로운 천년 문화꽃을 활짝 피우고 있는 것이다. 시대는 짧지만 예술은 길고 영원하다고 말하고 있는 듯하다.

저 많은 신전에서 신으로부터 불패의 계시를 받고 신의를 받들고 일어섰으리라. 미켈란젤로가 설계했다는 캄피돌리오 광장, 스페인 광장 등이 과학기술과 예술의 정수로 신격화하여 조성된 듯 천상의 미를 뽐내고 있다.

늑대의 젖을 먹고 자란 로물루스에 의해 테배르 강변에 세워진 로마가 바다에 눈을 떠, 카르타고를 물리치고 그리스를 비롯한 동방을 지배하고, 카이샤르에 이르러 바다를 건너 영국까지 점령하였으니, 실로 모든 길은 로마로 통하고 있었던 것이다.

고대 그리스 미술과, 미술사적으로 다양한 시대의 진귀한 작품들이 전시되어 있는 바티칸 미술관과, 미켈란젤로의 최후의 심판이 전시된 시스티나 대성당을 조망하고 세계 최대의 성베드로 대성당을 향한다.

아! 이렇게 거대하고 웅장한 성소군이 어디에 있단 말인가. 신을 능가하는 초인간적인 힘, 신격화한 종교의 힘이 아니고는 상상할 수도 없는 불가사의한 대궁전의 성당, 헤아릴 수도 없을 만큼 수많은 저 큰 기둥은 무엇을 상징하는가. 50개의 재단, 450개의 조각상, 500개의 기둥 조각품을 이룬 이조형물들을 어찌 다 역사하고 언제 다 세웠단 말인가.

여기 바로크풍으로 모자이크한 거대한 조각품들은 이 성당이 가톨릭의 본산임을 여지없이 말하고 있지 않은가. 이 성당 옆에 교황이 상주하는 곳이 있고, 저 테라스에서 교황이 정초가 되면 세계각국어로 축복을 내린다. 성베드로 성당 전망대에서 바라본 드넓은 리가 강가의 구시가지는 의외의 값진 소득이다. 아름답고 심플한 관광의 명소가 감추어져 있었다. 광장에 모여든 신도며 관광객들이 헤아릴 수 없이 운집하여 자리를 뜰 줄 모르는데, 미켈란젤로의 3대 걸작의 하나인 피에

타 상이 눈길을 끈다. 마리아가 십자가에서 내린 예수를 끌어 안고 슬퍼하는 모습은 실로 아름답고 경건한 미의 극치가 아 닐 수 없다.

호텔 조식을 마치고, 로마의 서북쪽 아르노강 양안에 세워 진 르네상스가 활짝 꽃핀 발상의 도시인 피렌체로 향한다. 이 곳은 예술을 비롯하여 상업·금융·학문 등의 분야에서 금자 탑을 쌓았던 곳이다. 레오나르도 다빈치, 미켈란젤로, 브르빌 제스키, 단테, 마키아벨로, 갈릴레오 같은 인류의 보물, 천재 적인 거물들이 이곳을 무대로 활략 했던 곳이다. 레오나르도 다빈치의 모자리나상도 여기서 그려졌다 한다. 단테 생가 외 곽을 바라보고 꽃의 성모마리아 대성당을 돌아본다. 단테는 이탈리아가 낳은 위대한 시인이자 서유럽문화의 거장이다. 젊은 시절 그가 쓴 단테의 신곡, 읽다 읽다 난해해서 애를 먹 은 명작이 새삼 떠오른다. 이제 보니 인간속세의 운명을 그리 스도적 시각으로 그려낸 작품이었다. 중심지 광장을 돌아보 며 페루치 상사에 들러, 이곳에서 생산된 명품의 기념품 하나 를 구했다. 피렌체에서 가장 오래된 유서 깊은 베키오 다리를 조망하고 베니스로 향한다.

서유럽(베니스)

물의 도시 베니스는 바닷물 위에 세워진 600년 이상 전래 되어오는 불가사의한 도시다. 118개의 섬과 뻘 위에 나무를 박고 세워진 것이라 하나 세상에 이런 도시도 있을까하는 생각이다. 바닷물 위에 도시가 둥둥 떠 있는 것이다. 그것도 돌과 대리석으로 반듯하게 깎아 세운 황홀한 도시가. 물에 약한 흉노족의 침략을 피하기 위한 것이라고는 하나 바다 밑에 기반을 다질 수 있는 노하우가 있었을 것이다.

곤돌라 작은 배를 타고 섬 구석구석을 돌아보며 경탄해 마지않는다. 어느 육상의 도시보다 오히려 견고하고 화려하고 아름답다. 석조 다리만 해도 수백 개다. 성당과 궁전, 나폴레옹이 세상에서 가장 아름다운 응접실이라고 극찬한 산마르코 광장도 있다.

이곳을 한 바퀴 돌아보며 인육 재판을 한 베니스상인 샤일록을 생각한다. 안토니오는 악덕상인 샤일록에게서 돈을 빌리고 못 갚을 때는 안토니오 살 1파운드를 준다는 계약의 내용이다. 안토니오는 불의에 배와 재산을 잃고 빌린 돈을 못 갚게 되자, 샤일록은 살 1파운드를 계약대로 요구한다. 재판관은 살 1파운드는 가져가되, 피 한 방울이라도 무단히 흘리게 해서는 안 된다고 명 판단을 한, 셰익스피어의 희곡 중 대표적 작품이다.

인스부르크에서 1박을 하고, 독일 하이델베르크로 간다. 라인강의 지류 네카 강변의 카를 데오도어 다리를 거닐며, 강가 구시가를 조망한다. 퍽이나 아담하고 깨끗한 강물만큼이나 아름다운 시가지다. 독일에서 가장 오래된 명문의 대학 하이델베르크대학이 있는 곳이다.

서유럽(독일)

　알프스 산지에서 발원한 1,320킬로미터의 강은 스위스, 프랑스, 독일 할 것 없이 라인강을 따라 상공업도시를 발전시켰으며, 스위스의 강이고 프랑스의 강이며 오스트리아, 네덜란드의 강이 된 것이다. 강 연안은 자연경관이 수려하고 강 안구비마다 가파른 언덕과 그 위에 우뚝 솟은 고성들이 독일 특유의 면모를 여지없이 드러내고 있다. 이곳 하이델베르크성도 대전의 상처를 입고 의연히 자리를 지키고 있다. 성곽 전망대에 올라 네카 강변을 바라본다. 세상 은 몰라보게 변하였어도 강물은 언제 무슨 일이 있었냐는 듯 예나 지금이나 다름없이 고요히 흐르고 있다. 틈새 시간을 이용하여 고풍스러운 광장 한쪽에 자리 잡고 앉아 맥주 한 병을 시킨다. 프랑스의 와인 사랑이 대단하듯 독일은 맥주사랑이 대단하다. 100여종이나 되는 독일 맥주는 예로부터 생활화 되어 전통적 기법으로 발달, 마시면 바로 그 맛을 느낄 수 있어 좋다. 비어 가그린이란 말이 있듯이, 아름다운 경치나 성이 있는 곳에서 마셔야 제 맛이 난다. 고성 아래서 성과 강을 바라보며 맥주를 마시니 초록색의 벡스가 가장 맛좋게 입맛에 달라붙는다. 잠시 잠깐 짬낸 시간이 참으로 달고 맛있다. 뮌헨이나 프랑크푸르트가 이곳에서 기차로 1시간거리다. 프랑크푸르트로 향한다.

　프랑크푸르트는 라인강변에 위치, 유럽경제와 문화의 도시이다. 유럽에서 가장 크고 활발한 공항이 있으며, 그냥 지나칠 수 없는 세계적인 대문호 괴테의 생가가 있는 곳이다. 괴테는 작가이며 시인이며 과학자이며 철학자다. 그가 젊은 시절에 쓴 젊은 베르테르의 슬픔으로 모든 이들을 감명케 하더니, 다시금 느슨한 옷깃을 여미게 한다. 예의를 갖추라, 예의는 자기 자신을 비추는 거울이다, 아직 꿈이 남아 있다면 작은 일이라도 시작하라, 고쳐주면 많은 것이 이루어진다, 그러나 북돋으면 그 이상이다'고 일깨워 준다. 날씨가 도와 순조로이 탐방을 마치고 인천행 비행기에 몸을 싣고 창밖을 내다보니 알프스 산맥의 크고 작은 봉우리마다 새하얀 국화꽃송이 같이 꽃처럼 별처럼 반짝거리며 활짝 피어 향기를 내뿜고 있다.

대판을 돌아보고

    자기 혼자만의 길을 넓히기 위해 다른 길을 파고들어가 진흙탕을 만들고 피맺힌 설움을 밟고 앞서가는 일본의 천년고도 교토를 돌아보고자 눈을 크게 뜨고 아직도 멀기만 한 대판 방문을 나선다. 천년이상 일본의 황궁이 있었던 곳이다.

    오사카(대판)에서 동북쪽으로 교토까지는 1시간 거리이고 비슷한 거리만큼 나라현이 자리하고 있다. 일직이 간무 덴노는 나라에서 이곳으로 천도하여 평안경 헤이안 시대이후 메이지 초기까지 일본 황실이 자리 잡아온 곳이다. 문화 경제 종교의 중심지로 우아한 귀족문화에 상층 무사 층을 중심으로한 무가 문화가 가미 되어 오다 노부나가와 풍신수길에 의해 통일정권이 들어서면서 천년고도 교토가 더욱 발전을 가듭하여 왔다. 이곳에서 가까운 오시카성은 구마모토성과 나고야성과 3대 성의 하나이다. 오사카성은 노부나가가 태어나고 성장한 곳에 도요토미 히데요시가 천하통일 전국시대를 끝내고 3년여의 공사를 걸쳐 이 성을 완성하고 그 위세를 몰아 임진왜란을 일으킨 곳이기도 하다.

    일본은 섬나라이지만 산도 많고 땅도 생가보다 넓고 인구도 많다. 일본이 자랑하는 상시 하얀 눈을 이고 있는 후지산이 천연의 일본 상징이라면 오사카 성은 그들이 쌓은 자부심이요 자랑이다. 후지산 같은 높은 산이 수십 개가 있고 강과 호수도 적지 않다. 지진만 아니었다면 우리보다 좋은 지리적 이점을 안고 있다 할까,

오사카 성은 중국의 장안성을 본떠 지은 것이다. 성 밖에 2
중으로 해자를 두르고 강물을 끌어 들었으며 높이 쌓으면서
도 직선적이지 않고 유연히 쌓으며 견고하면서도 한 점 빈틈
없는 성의축조가 여간 과학적이며 기술적이지 않다. 더구나
성위 찬수각 같은 건물을 세우는 기발한 발상은 어디에서 나
왔을까.

히데요시 사후 이에야스가 세기가하라 전투에서 승리한 후
이에야스는 교토에 머무르지 않고 에도 동경에 막부를 세우
고 천황과 더불어 동경으로 옮기고 지금 이곳 오사카는 일본
제2의 상공업지대의 중심이면서 국제적인 문화 관광도시로
아름다운 꽃과 나무에 둘러싸여 관광의 명소가 되어있다.

태평양전쟁의 패전으로 침체의 늪에 빠져있던 일본이 1950
년 한국전쟁 발발을 계기로 군사보급기지의 특수를 누리면서
경제도약의 발판을 마련하였고, 1960년대 간도(관동)지방의
도쿄 가와사기 요코하마를 중심으로 한 게이한(경빈)공업지구
와 간사이(관서)지방의 오사카(대판) 고배(신호) 아마가사기(니
기)를 중심으로 한 한신(판신)공업지구와 쌍벽을 이루면서 세
계 제2의 경제대국으로 다져 놓은 곳이기도 하다.

신사의 나라 일본은 어디를 가나 신사와 절이 있고 청수사
은각사를 비롯한 3,000개의 절과 1,700개의 신사가 요소마
다 자리하고 있다. 예수교가 우리같이 성행하지도 않고 십자
가로 상징하는 교회는 보이지 않으며 요란한 집회 전도 같은
것도 없고 차분히 내실에 정진한다. 전통신앙인 신도와 불교
가 함께 발전 해온 것이다. 신사인지 절인지 잘 구분할 수가
없고 도리이가 세워져 있는 곳은 신도를 믿는 신사이고 스님

이 있는 곳을 절이라 한다. 절이라 해도 불상이 모셔져 있는 곳이 드물고 있어도 석가모니 상 보다는 관음보살상을 보존하는 곳이 많다. 그러나 유념해야할 것은 일본의 신사 사찰은 백제의 숨결이 깊이 묻어있다는 사실이다. 스텐노지의 상징과 같은 오층탑은 백제장인 유씨에 의해 건립된 것이다.

교토에는 신사와 절도 많지만 학교도 많다. 일본최초의 중학교와 여학교가 여기서부터 세워졌으며 교육도시로 각광을 받고 있다. 특히 교토대학은 소수정예의 학생을 교육시켜 국가의 학자와 관료로 양성하기 위해 세워졌다. 교토제국대학은 도교대학에 버금가는 명문이다. 기초과학부문과 기초의학이 40년을 앞선다. 노벨상을 수상한 11명이 이곳 교토대 출신이며 윤동주 시인도 이곳 교토에서 대학을 다녔다. 학교뿐만이 아니라 국립근대미술관, 사립미술관, 국립박물관 등 문화시설이 즐비하며 새로운 문물과 교육제도 등을 선도적으로 받아드려 교육문화 도시로 발전 새로운 산업 계획을 추진하여 근대적 산업도시로 변모해 왔다.

그런가 하면 상인들의 힘으로 경제 제1의 도시를 이루어 놓았으며 교토에는 본사가 있고 동경은 지사가 있을 정도다. 그리하여 문화도시로서의 면모를 갖추고 있다. 이곳을 사람들은 관서지방이라 하고 동북쪽에 자리한 동경을 관동지방이라 하여 구분한다. 별로 동서로 떨어져 있지 않으면서도 간사이지방과 관동지방의 알륵은 우리나라 영호남보다 대단하다. 간사이 지방은 예로부터 중국과 한반도에서 이주 귀화한 씨족들이 많아서 일런지도 모른다.

교토에서 오사카 나라를 오가며 교토의 오토와산을 배경으로 한 천수사를 기점으로 국보로 지정되어 있는 은각사 그리고 나라현의 동대사를 돌아보고 깨끗한 자연풍광 속에 피어나는 이른 봄을 감상한다. 봄에는 벚꽃 가을에는 단풍이 아름답고 잘 가꿔 놓은 정원이 이채롭다. 예로부터 특히 일본은 색이 아름답고 조선은 선이 아름답다는 말이 생각난다. 기모노를 입은 젊은 여인들이 각양각색의 기모노를 차려 입고 버선신발을 신고 명승지를 관람하는 모습이 봄에 피어나는 아지랑이처럼 아름답다.

오사카 최대 번화가와 먹거리로 유명한 신사이바시(심재교)와 도톤보리(도돈굴)에 모여든 인파를 보고 놀라지 않을 수 없다. 어디서 이렇게 많은 인파가 모여왔는지 쇼핑천국을 이루고 자본주의 생산 판매와 소비의 각축장을 만들고 있다.

일본은 백제 인들에 의해 고대국가로 발전하기 시작하였다고 하나 영주이기도한 사찰과 신사가 독자적으로 무력을 기르고 무사단을 형성해 오면서 무력해결을 능사로 했고 강한 무력이 정권을 잡는 전통과 근대까지 이어지는 군사통치문화 때문일까. 가까운 이웃을 이웃으로 대하지 않는 자기 성취와 모순에 빠져 있는 것 같다. 더구나 전쟁으로 인한 과학과 산업이 부흥하고 자본을 축적하여 왔으니 인간성에 기초한 화해와 협력을 어찌 기대할 수 있을 것인지 헤아릴 길이 없다. 땅덩이도 우리나라에서 떨어져 나온 것만 같고 사람이나 문화도 우리나라에서 베끼어 나온 것만 같은 생각을 떨쳐버릴 수가 없다. 생김새나 풍습이 우리와 같으면서도 크게 다른 이유는 무엇 때문일까.

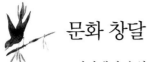

문화 창달

—아카데미 수상을 보고

우리는 오늘 놀랍고도 빛나는 순간을 맞이한다. 영화가의 최고봉인 칸과 아카데미에서 국제상과 각본상, 작품상, 감독상을 받아서만은 아니다. 우리 문화예술이 최고조에 달해 민족의 우수성과 예술의 우수한 자질과 가치가 세계의 한복판에 우뚝 자리하며 인정되는 쾌거라서 더 그렇다.

일찍이 김구선생은 "나는 우리나라가 강대국이 아니라 세계에서 가장 아름다운 나라가 되었으면 한다. 오직 가지고 싶은 것은 높은 문화의 창달이다."라고 하시었다. 그리고 모든 것은 내 자신에 달려있다고 하고 나를 다스려야 뜻을 이룬다 했다. 결국 모든 것은 나로 부터 시작되는 것이라고 한 그의 가르침을 깊이 새겨서인지 그 일깨우심과 같이 드디어 우리 문화가 세계의 중심부에 우뚝 서게 된 것이다.

어느새 K-POP이 한류를 일으켜 세계를 열광케 하고 방탄소년단이 한국어 가사로 세계를 석권한데 이어 영화 기생충이 영화의 본류 헐리웃에서 최고의 가치 평가로 세계를 발칵 뒤집어 놓은 것이다. 얼마나 가슴 뿌듯한 쾌거인지, 이것은 우리민족의 우수성의 발로이며 세종대왕의 한글 창제의 높은 뜻이 민족의 혼을 창조하고 그에 바탕한 김구선생의 문화 창달의 일깨움이 백년 만에야 세계 으뜸의 문화 꽃으로 활짝 꽃을 피운 것이다.

이 영화는 한진원 작가가 초고한 것을 토대로 봉준호 감독이 머릿속 장면을 글과 그림으로 직접 쓴 각본에서 시작한다. 배우, 대사, 공간까지 빈틈없이 연출하여 그야말로 영화가 예술이고 만국 공용어임을 드러낸다. 어린 시절 만화가를 꿈꾸고 대학시절 만평을 연재하며 어렵게 실력을 쌓아가며 그가 가장 어렵고 고독할 때의 기억과 사상을 작품으로 승화하여 결실을 보게 된 것이다. 명문 사회학과 출신다운 발상이고 획책이라 아니할 수 없다. 반정부적인 착상이라고 블랙리스트에 묶어 두었다면 이런 훌륭한 작품이 아니 우리 문화가 이렇게 창달될 수 있었을까 하는 생각에 개혁개방의 가치를 새삼 느끼지 않을 수 없다. 기생충은 지난해 프랑스 칸 영화제에서 황금종려상을 수상함으로서 작품성을 인정받았다. 그러나 이번 아카데미에서 각본상, 작품상과 국제영화상, 감독상을 수상함으로서 실로 한국영화사 뿐만 아니라 세계 영화 예술세계에서 작품의 최고봉으로 인정받는 역사적 대사변이 아닐 수 없는 것이다.

문화의 꽃은 예술이며 예술의 꽃은 문화라고 한다. 물론 영화, 연극도 문학에서 태동한 것이다. 우리 민족은 어느 민족보다 우수한 감성과 자질을 가졌다. 비단 영화 예술 방면뿐 아니라 음악세계에서도 성악, 피아노, 바이올린 할 것 없이 두각을 나타내고 있는가 하면 골프 등 구기 스포츠에서도 타의 추종을 불허할 만큼의 기량들을 발휘하고 각종 기능면에서도 두각을 자아내어 세계를 놀라게 하고 있다. 우수한 민족성과 피나는 노력 국력의 신장이 가져온 결과이리라. 조국이 통일이 되고 남북이 함께 힘을 합할 수 있다면 이보다 우수한 작품 역량이 발휘 될 수 있을 것이라 여기며 남북이 상호 교류 협력하는 그런 날이 하루 속히 왔으면 하는 생각을 가져본다.

이제 우리는 잃어버렸던 우리의 위상을 찾아가고 있다. 인간의 본성이 어디라고 다를 수 있을까 마는 그의 말처럼 미국에 헐리웃이 있다면 한국에 충무로가 있고, 미국사회가 인권을 중시하는 사회라면 우리는 인간의 기본적 요소인 이성과 감성, 지성을 중시하며 정과 의리와 도리로 인격을 존중하며 상부 상조해온 문화가 있다. 그래서 가장 개인적인 것이 가장 창의적이고 가장 한국적인 것이 세계적인 것이 되는 것이다. 가장 가까이 있는 주변에 있는 것을 들여다보며 어찌할 수 없이 아프고 어렵고 안타깝게 쌓여가는 것을 인간적으로 살피는 것이 가장 멀리 보는 것이 되고 공통분모를 가진 세계를 파고들어 크게 매료 시킨 것이다.

한편의 영화도 시처럼 문학처럼 기승전결을 하며 멋진 대사로 쓰여 지고 각본을 형상화 해 제작하여 모두를 감동케 하는구나! 노벨 문학상에 버금가는 오스카상이 예술성 작품성을 인정받고 국경과 언어의 장벽을 넘어 세계를 매료시키며 찬란한 문화 꽃을 피우는구나!

나는 한 달에 한두 번 충무로에 나가 영화도 감상하고 시낭송도 감상한다. 이 작품도 대한극장에서 개봉할 때 이미 관람하고 많은 감명을 가졌었다. 일찍이 영화계의 대부라 할 수 있는 임권택 감독의 '씨받이', '취하선'이나 '서편재'에 감동을 받아 오고 칸과 베니스 영화제 등 국제무대에서 인정받아온 것을 자랑스럽게 여겨왔지만 한국영화가 해외 영화제에서 종횡무진 활약하였고 시의 적절하게 시대적 아픔을 치유하는 진통제로서의 역할을 다하게 된 것이 아닌가 싶게 자부심을 금치 못하는 것이다.

완전한 형태로의 영감은 없다고 한다. 그리고 완전무결한 작품도 만들기 어려운 것이다. 우리 저변에 깔려있는 보고 들은 모든 불완전한 것들을 고뇌하며 자기만의 이야기를 더해 노력하는 속에서 완전한 것을 붙들 수 있는 것이며 그것을 어떻게 하느냐 하는 것은 작가의 노하우고 우리의 역량이 되는 것이 아닐까 생각한다. 그는 우리 사회가 안고 있는 부조리한 부자와 가난한 사람 사이에 야기되는 가파른 계단을 현실적으로 그의 과외 경험을 토대로 섬세하고 치밀한 연출로 영화화 하는데 성공하고 대중적인 지지를 얻었다 할 것이다.

세계가 직면하고 있는 화두, 공생공영 하지 못하고 기생하며 살아야하는 한 가정의 생활을 사회적인 이야기로 이끌어 내서 의미 있고, 재미있고, 럭셔리하게 풍자한 것은 칭찬 받아 마땅하다. 영화 문화 예술뿐만 아니라 다방면에 걸쳐 제2, 제3의 봉준호가 아니 더 훌륭한 인걸 작품들이 나와 우리나라가 세계에서 가장 존경받고 사랑받는 문화 융성국으로 발돋움하였으면 하는 마음 간절하다.